Wenn Sie glauben, etwas zu können, dann setzen Sie sich hin und beginnen Sie damit.

Wenn Sie etwas sehen oder hören und glauben, dass Sie das auch können, dann beginnen Sie damit.

Machen Sie, was Ihnen Spaß macht.

Wenn Sie gern lesen, dann lesen Sie.

Wenn Sie gern schreiben und Freude daran haben, dann schreiben Sie.

Und glauben Sie mir, wenn andere Ihre Texte lesen, spüren sie, dass Sie mit Freude dabei waren.

Bodo Jeske

27

böse

Kurzgeschichten

Bibliografische Information der Deutschen Nationalbibliothek:
Die Deutsche Nationalbibliothek verzeichnet diese Publikation in
der Deutschen Nationalbibliografie; detaillierte bibliografische
Daten sind im Internet über http://dnb.dnb.de abrufbar.

Umschlaggestaltung: Bodo Jeske, Berlin

Herstellung und Verlag:
BoD – Books on Demand, Norderstedt
ISBN: 978-3-7481-8236-8

‚Das kann ich auch‘, dachte sich Heinz Hähnlein, als er die Bilder seines Freundes sah ...

So ähnlich beginnt die erste Geschichte.

Aber geht es Ihnen nicht auch so? Man sieht etwas und glaubt, es auch zu können?

Der einzige Unterschied zu den meisten von uns ist: Heinz Hähnlein machte sich an die Arbeit.

Vielleicht sind folgende Geschichten Anregung für Sie, selbst anzufangen?

Womit auch immer.

Inhaltsverzeichnis

Der Kopierer

‚Das kann ich auch', dachte sich Heinz Hähnlein, der von Zeit zu Zeit die *Artischocke* aufsuchte, um die Bilder seines Freundes Kurt Hollander auszutauschen. Die *Artischocke* war ein gut besuchtes Restaurant der oberen Preisklasse. Der große Speisenraum im alten Fachwerkhaus hatte kleine Fenster und war daher sehr dunkel. Da passten die düsteren Bilder seines Freundes gut rein. Viel blau, viel grün, mal mit eingearbeiteten Materialien, mal mit dick aufgetragener Farbe. Ein Aquarell war auch dabei. Zwischen 350 € und 400 € wollte Kurt Hollander für ein Bild haben.

„Eins wurde verkauft. Diesmal", berichtete Heinz Hähnlein. „Das Acrylbild vom Meer, wo du dieses Stück Holz im Vordergrund eingearbeitet hast. Das ging für 400 € weg."

„*Strandgut* hieß es. – Und die anderen elf?", wollte Kurt Hollander wissen. Er machte eine kurze, heftige Bewegung. Die Räder seines Rollstuhles quietschten auf dem Parkett.

„Die anderen elf hängen noch immer. Der Wirt hat sie jetzt mit Spotlichtern angestrahlt. Damit gewinnen sie sehr. Und der Raum wirkt wie eine kleine Galerie. – Könntest du nicht mal hellere Farben nehmen, die mehr Freude bringen?"

„Jetzt fängst du auch noch damit an! Ich will mich nicht verbiegen. Das sind Stimmungen, die ich in meinen Bildern ausdrücke", meinte Kurt Hollander.

„Ja, ja. Ist ja schon gut. Aber ich muss dir doch Feedback geben", sagte Heinz.

Kurt Hollander überflog seine fertigen Bilder und sagte: „Nimm diese beiden bitte mit und tausche sie in den nächsten Tagen aus. Die ähneln dem Verkauften. Das mit dem Stückchen Fischernetz wollte ich eigentlich gar nicht hergeben. Aber was soll's? Man will ja schließlich verkaufen!"

Heinz Hähnlein zögerte einen Augenblick, als er zu Hause vor der neuen Staffelei saß. Er hatte sich alle Materialien besorgt, Bücher gekauft, sie studiert, im Internet Filme angesehen und auch Motive gefunden. Heinz wusste, wie es ging und nun legte er los. Gern machte er Bilder der PopArt nach. Aber auch andere, abstrakte Bilder, die nicht so leicht zuzuordnen waren. Heinz nahm sie als Anregung. Veränderte sie und schuf Neues. Er nahm auch Motive von Kurt Hollander, er hatte sie zu gut im Kopf. Aber trotz Verfremdung waren es noch immer Kurt-Hollander-Bilder. Es waren keine Kopien. – Er malte die Bilder seines Freundes mit viel helleren Farben. Jetzt strahlten sie nahezu Freude aus. Auch wenn man sich nichts Konkretes vorstellen konnte, sprachen sie einen an.

Das Bild mit dem *Fischernetz* nahm Heinz Hähnlein, gemeinsam mit zwei eigenen Arbeiten, und tauschte sie in der *Artischocke* aus. Der Wirt warf einen kurzen Blick auf die Preisschilder und meinte: „Wow, er ist ja hochgegangen. 500 € für *Das goldene Kornfeld!* Und stolze 750 € für das Bild einer *Frau mit Hut.* Man sieht ja ihre Augen gar nicht! Aber kräftig leuchtende Farben. Und wieder mit Gold!"
„Ja", meinte Heinz, „wenn es sich verkauft, dann soll es nicht unter Wert geschehen."
„Na klar", meinte der Wirt, „ist ja auch ein Lieber, der Kurt Hollander. – Irgendwie habe ich noch immer ein schlechtes Gewissen, wenn ich daran denke, wie sein Unfall passierte: Ihr beide habt bei mir vorzüglich gegessen und getrunken, ward nicht knauserig und an-

schließend wird er beim Überqueren der Straße angefahren. Rollstuhl. Völlig unverschuldet. – Der Fahrer stand unter Drogen."

„Stimmt", sagte Heinz, „mir war auch nicht wohl bei der Sache. Aber ich konnte nichts machen, hatte nur Glück. – Aber nett von dir, seine Bilder auszuhängen."

„Eine Art Wiedergutmachung", meinte der Wirt. „Obwohl ich mir nichts vorwerfen kann. – Zum Glück scheint er jetzt seine Depressionen überwunden zu haben. Seine Bilder werden heller."

„Ja, ja", antwortete Heinz. „Aber die Abrechnung der Bilder und den Austausch – das läuft weiter über mich! Ich möchte nicht, dass Kurt Hollander zu viele Kontakte hat und seine neue Phase durch unnötiges Gequatsche wieder endet. Ich hoffe, er bringt noch einige Bilder hervor."

„Kein Problem", sagte der Wirt, „wir wollen keinen Künstler bremsen."

Die beiden neuen, güldenen Kopien wurden innerhalb von zwei Tagen verkauft. Jetzt kopierte Heinz Hähnlein sich selbst. Jedes neue Bild sah immer wieder etwas anders aus. Es waren gar keine Kopien; streng genommen waren es Nachempfindungen. Dagegen hingen die Bilder von Kurt Hollander wie Blei an den Wänden. Es dauerte ganze zwei Wochen, bis sich das *Fischernetz* verkaufte. Aber immerhin.

„Mensch Kurt, entschuldige, dass ich doch anrufe, aber es ist toll, was du in letzter Zeit hingelegt hast."
Kurt Hollander erkannte den Wirt von der *Artischocke* sofort an der Stimme.
„Ja? Findest du?", fragte Kurt skeptisch.
„Nun komm schon, sei nicht so schüchtern. Das Bild von der *Frau mit Hut* habe ich in vier Wochen gleich dreimal verkauft. Jeweils für 750 €. Du lieferst ja immer schön schnell nach. Doch der letzte Käufer, ihm gefällt es außerordentlich, die leuchtenden Farben, du hast endlich gelb und rot für dich entdeckt, und das Gold setzt du sparsam, aber genau an den richtigen Stellen ein. Kurz, der Käufer ist begeistert. – Aber, du hast das Bild leider nicht signiert, weder vorn, noch auf der Rückseite. Kann ich dir den Käufer rumschicken?"
„Aber ja. Gib ihm meine Adresse. Ich signiere es", sagte Kurt Hollander und legte auf.

Dass einer den anderen kopiert, ist noch keine Geschichte. Entscheidend ist der Schluss. Die Auflösung.

Man kann eine Geschichte von vorn an beginnen zu schreiben und hoffen, dass einem ein guter Schluss einfällt.

Man kann aber auch zuerst den Schluss im Kopf haben und die Geschichte dann so bauen, dass sie logisch zur Pointe führt.

*

Die Idee für die folgende Geschichte kam mir nach einer Bemerkung eines Freundes, der auch Familienvater ist: ‚Das wäre der blanke Horror für mich‘, sagte er, nachdem wir gemeinsam in Neu Venedig jemanden besucht hatten. Wir erfuhren, was so alles bisher dort geschehen war. Natürlich nicht auf einem Grundstück; doch für die Geschichte wurde vieles verdichtet.

Das Wassergrundstück

Erwin Haller genoss seine Pension auf der Terrasse. Die Sonne wurde von Federwolken leicht verdeckt. Es war nicht zu heiß. Er prüfte seine Lust auf ein Gespräch, denn es hatte geklingelt. Am Gartentor stand ein Paar um die vierzig mit einem kleinen Kind. Sie wollten bestimmt das Grundstück sehen. Es vielleicht kaufen?

Immer mal wieder spießte Erwin Haller in der Nähe des Gartentores ein Schild in den Rasen. Darauf stand: *Zu verkaufen Tel.* ... Und gestern Abend hatte er vergessen, es wieder reinzunehmen. Jetzt hatte er eigentlich Wichtigeres vor, er sah hinunter zum Wasser und wollte, wie schon so oft, endlich mal alle Grüntöne in seinem Garten zählen. Der Markisenfritze brachte ihn darauf. Als er das Aufmaß genommen hatte, ging es nur noch um die Farbe.

„Grün", sagte Erwin Haller auf Anhieb, „ein schönes dunkelgrün."

„Meinen Sie wirklich?", fragte der Markisenfritze, „wenn ich mich hier umsehe, sehe ich nur grün."

„Ja", bestätigte er, „es ist alles schön grün." Aus der Farbpalette wählte er schließlich weinrot.

Erwin Haller ging zum Gartentor. Ob er sie reinlassen würde, hing vom ersten Eindruck ab. Es gab bescheidene Leute, Kleinfamilien und die arroganten Einkäufer, die gar nicht für sich, sondern für Makler unterwegs waren. – Hier hatte er den Eindruck, dass von den Besuchern zumindest kein Stress ausgehen würde.

„Wie kommen Sie denn auf mich; oder erst einmal auf diese Gegend?", fragte Erwin Haller, nachdem sie sich im Häuschen an den großen Tisch gesetzt hatten.

„Wir wohnen in Wannsee", erzählte der Mann, „Mietwohnung, und haben uns am Griebnitzsee neue Eigentumswohnungen angesehen. Alles sehr geleckt, Tiefgarage, Fahrstuhl, gemachte Wege. Und ein breiter Grünstreifen am Wasser entlang für alle Bewohner der Anlage und auch öffentlich, obwohl fremde Spaziergänger nicht so gern gesehen werden. Den Makler fragte ich: „*Und ein richtiges Wassergrundstück?*" Da blaffte der mich an, so etwas gäbe es nicht mehr. Vielleicht noch im Osten. Wir müssten zum Müggelsee oder nach Neu Venedig fahren ... Ja, so war das. Und nun sind wir hier. Spaziergang. Und dann Ihr Schild."

Die ganze Zeit sah Haller die Frau an und überlegte, woher er sie kenne? – Erklärend sagte sie: „Ich war schon mal hier. Vor acht Jahren ... Aber damals hatte ich noch lange Haare ..."

„Stimmt", unterbrach sie Haller, „jetzt kann ich mich erinnern."

„Ja. Acht Jahre ist das nun schon her", fuhr sie fort, „und ich wollte schon immer mal wieder vorbeikommen und Ihnen versichern, dass ich mit Ihnen nicht böse bin. Sie konnten wirklich nichts dafür. Es war einzig meine Schuld. Aber Sie sollten wissen, dass ich so denke. Naja. Jetzt bin ich ja da. Und ich habe es Ihnen gesagt."

„Sie waren damals allein mit ihrer Tochter gekommen", erinnerte sich Haller. Er sah zu ihrem Mann, der mit all dem nichts anfangen konnte. „Soll ich erklären?", fragte Erwin Haller mit einer Kopfbewegung.

„Nein, nein. Ich mach das schon", begann sie: „Also Schatz: Nach meiner Scheidung wollte ich, wie du ja weißt, alles verändern, irgendwie neu beginnen. Die Eigentumswohnung wollte ich tauschen gegen ... Ja, wo gegen? Man weiß es erst, wenn man es sieht. Also fuhr ich umher und entdeckte, wie heute, ein Schild in diesem Garten. Mir gefiel das Grundstück schon damals. Auch meine Tochter war begeistert. Sie rannte von einer Pflanze zur nächsten. Wie ein Wirbelwind war sie mal hier, mal da. Sie sah sich alles an. Zwischenzeitlich war ich mit Herrn Haller ins Haus gegangen und wir beugten uns über die Bauunterlagen und den Grundbuchauszug. Er erklärte mir, dass zum Grundstück in seiner Breite auch der Kanal bis zu seiner Mitte gehört. Richtig eingetragen. Man kauft in Neu Venedig also Boden und Wasser. Und alle, die mit ihren Booten durch die Kanäle fahren, nutzen eigentlich die Grundstücke der Anwohner.

Das war alles so interessant, dass ich darüber meine Tochter im Garten ganz vergessen hatte. Es war ein tragischer Unfall. Sie konnte nicht schwimmen. Später wurde mir *mangelnde Aufsichtspflicht* vorgeworfen. Es war sehr schmerzhaft für mich, aber ich habe dafür gebüßt. – Und jetzt haben wir unseren kleinen *Lukas*. Drei Jahre ist er schon. Mein Gott, wie die Zeit vergeht." Sie sah verliebt zu ihrem Kind und dann zu ihrem Mann.

„Hier ist es passiert?", fragte er. „Dann sollten wir vielleicht doch wieder gehen. Ich glaube, wir würden uns immer daran erinnern."

„Ach was, wir schauen uns erst mal alles an. Vielleicht kauft es ja mein Bruder?", meinte sie leicht.

„Das wäre eine Option", lenkte ihr Mann ein. „Aber", wandte er sich an Erwin Haller, „wieso steht das Grundstück noch immer zum Verkauf?"

„Ich habe keine Eile und die Preise steigen. Ja, ich versuche das Grundstück immer mal wieder zu verkaufen. Es soll der Richtige bekommen. Ihn zu finden, ist gar nicht so leicht. Vor vier Jahren, zum Beispiel, kamen zwei Männer mit einem Beagle. Es war schon ein sehr alter Hund, aber er rannte mit viel Rabatz zum Wasser, weil ein Boot mit einem Hund darauf vorbeifuhr. Vielleicht waren auch seine Augen nicht mehr so gut? Auf jeden Fall kam er nicht rechtzeitig zum Stopp, fiel ins Wasser und ging einfach unter. Dem Beagle fehlte wohl die Kraft zum Schwimmen. Und es war sehr warm, 36° im Schatten. – Aber das alles sagt ja nichts über die Lebensqualität aus. Glauben Sie mir, wenn Sie erst einmal hier fest wohnen, müssen Sie im Sommer nicht mehr in den Urlaub fahren. Das hier ist Urlaub, jeden Tag."

„Ich geh mal mit *Lukas* in den Garten. Urlaub machen", scherzte die Frau. „Diesmal passe ich ganz bestimmt auf. Lass Dir von Herrn Haller alle Unterlagen zeigen und redet ruhig mal über Geld", ermunterte sie ihren Mann.

Als die Männer allein waren, begann Erwin Haller: „Alles Gute ist nie beisammen. In Neu Venedig gibt es zum Beispiel keine Kanalisation. Die Abwasserrohre müssten unter den Wasserstraßen liegen. Aber die Kanalisation in der Umgebung liegt viel höher. Wäre ein riesiger Aufwand. Also hat jeder eine Grube und lässt abpumpen."

Haller sah in den Garten und bemerkte, wie schnell die Frau Kontakt zum Nachbarn bekam. Sie hielt *Lukas* fest an der Hand, unterhielt sich über den Zaun …, ja worüber? Er selbst, Erwin Haller, ist bei den Nachbarn zur rechten nicht über einen *„Guten Tag!"* hinausgekommen.

„Meine Frau ist sehr kontaktfreudig. Für eine gute Nachbarschaft kann das nicht schaden. – Aber lassen Sie uns übers Geld reden. Sie wissen ja, ich habe nen Auftrag."

„Das ist gar nicht so einfach. Tasten wir uns ran. Es gibt hier zwei Bereiche. Im Innenbereich soll man nicht dauerhaft wohnen. Der Makler sagt dazu *Erholungsgrundstücke.* Dort stehen Wochenendhäusern. Aber im Außenbereich, an der befestigten Straße, darf groß gebaut und auch dauerhaft gewohnt werden. Diese Grundstücke haben natürlich einen höheren Wert." Haller schmunzelte leicht.

„Ihrem Lächeln entnehme ich, dass es hier um richtiges Bauland geht?"

„Richtig."

„Und was soll es kosten?"

„Nun ja. Es ist alles Verhandlungssache. Ein kleines Häuschen, Strom, Gas, Stadtwasser. Alles ist vorhanden. Auch genügend Fische sind im Kanal. Zum Angeln müssen Sie nicht wegfahren. – Man kann ein Wertgutachten erstellen lassen, aber was bringt es, wenn ich dafür nicht verkaufe?"

„Wie viel?"

„Also, neun Grundstücke weiter steht gerade eins zum Verkauf", meinte ausweichend Erwin Haller. Er blickte in den Garten bis hin zur Wasserkante. Irgendwie war es ruhig geworden, fast wie vor dem Besuch. Diese Grabesstille beunruhigte ihn: „Wo ist eigentlich ihr Sohn? Ich kann ihn nicht sehen. Und kann er nun schwimmen oder nicht? Hatten Sie das schon erwähnt? – Ihre Frau sehe ich am Zaun; aber wo ist *Lukas*?"

Als die beiden Männer unten am Wasser waren und an der einen Stelle vermehrt Luftblasen aufstiegen, sagte Erwin Haller: „Komisch, wie vor vier Jahren, da sah es genau so aus, als der Beagle ertrank."

Das Ende der Geschichte ist offen. Es können auch Luftblasen von Fischen sein.

So endende Geschichten mag ich. Es muss nicht immer alles bis ins Kleinste erklärt werden.
Aber mein Freund würde die Geschichte seiner Frau nicht zu lesen geben.

Für die Rohfassung der Geschichte brauchte ich nur drei bis vier Stunden. Dann ließ ich die Geschichte in Ruhe und nach ein paar Wochen habe ich sie überarbeitet.

Aber richtig fertig ist sie erst kurz vor dem Druck.

Brief an den Sohn

Lieber Ralf!

Seit deinem letzten Besuch sind mehr als drei Jahre vergangen. Ich war daher sehr überrascht, von dir jetzt einen Brief zu bekommen; andererseits habe ich mich gefreut. Ich wusste sofort wieder: Ich habe einen Sohn in diese Welt gesetzt, und er lebt! Weißt du, in meinem Alter wird man schon ein wenig tuttelig. Man blendet so einiges aus, was lange nicht da ist. Und so ging es mir auch mit dir.

Hier im Heim sind Krankheiten das Thema Nummer eins. Sie werden wieder und wieder, manchmal auch ganz anders erzählt, da kann ich gut mithalten. Alle reden darüber, jeder weiß es besser, schlecht ist jeder Arzt, jede Schwester. Über das Essen wird gemeckert; aber am Essen gestorben ist noch keiner und verhungert erst recht nicht.

Und dann kommt das nächste große Thema: Die Verwandtschaft. Am Anfang hatte ich stolz von dir erzählt. Dir haben wir alles gegeben, jeden Wunsch erfüllt; wenn nicht gleich, dann auch mal etwas später. Du hattest es gut bei uns und hast dich doch immer *gegen* uns gestellt. Alles, was wir machten, für dich entschieden, war aus *deiner* Sicht falsch, unsere Liebe verwandelte sich bei dir in Hass, und als Vater starb, bist du ohne Gruß aus dem Haus und mit den anderen losgezogen. Sie kamen und nahmen dich mit. Auch aus deiner Klasse war einer dabei. Nicht die größte Leuchte! – Ich weiß nicht, was bei denen besser war? Aber eins konnten sie dir zeigen: Die große Freiheit. Alles ohne Zwang; es gab kein „Mach dies, mach jenes!" Freiheit. Frei von Ausbildung, von Arbeit und Geld, von Wohnung; nur weg von zu Hause! – Wo habt ihr eigentlich geschlafen? Wohl unter einer Brücke? Dass du da mitgezogen bist, hätte ich nie von dir gedacht. War es der Reiz des Neuen? – Das Auflehnen gegen mich, deine Eltern, war größer als jede Vernunft. *Vernunft* meine ich aus meiner Sicht. Für mich war also klar, du ziehst mit ihnen rum, hast keine feste Bleibe, bist ohne Adresse. – Warum nur, warum hast du mich so verletzt?

Dann stichelten sie hier im Heim: „Wann besucht Sie denn ihr Sohn mal wieder?" Und weil ich es nicht wusste, habe ich aufgehört von dir zu erzählen. Ich habe dich ausgeblendet. – Wie gesagt, ich hatte dich schon fast vergessen. Aber, lassen wir das.

Und jetzt dein Brief. Was habe ich mich gefreut! Du kannst dir gar nicht vorstellen, wie oft ich ihn gelesen habe. Ich freue mich sehr für dich, dass du dein Leben endlich geregelt, Arbeit gefunden hast, wenn auch wenig, aber doch etwas verdienst, dass endlich jemand für dich kocht. Du hast bestimmt ein warmes Essen zu schätzen gelernt! Und am meisten freut mich, dass du wieder eine Adresse hast, und ich dir schreiben kann. Auch deine Diskretion finde ich gut, draußen stand nur dein Name; und deine vollständige Anschrift *im* Brief.

Schade ist, dass du beruflich so eingebunden bist, und ich auf deine Besuche erst einmal verzichten muss. Aber das wird schon seine Gründe haben …!

Es ist mir unangenehm, aber ich muss es einfach ansprechen: Meine Heimleitung hat natürlich mitbekommen, dass du geschrieben hast. Und ich soll dich fragen, ob du mich finanziell unterstützen kannst. Meine Rente ist zu klein, sie reicht nicht für die Unkosten hier im Heim. Aber mach dir um mich keine Sorgen! Wenn du auch nur wenig hast; schick mir mal 'ne Verdienstbescheinigung. Dann ist das für uns beide erledigt, und wir haben wieder Ruhe.

Nun will ich für heute enden,
ich grüße dich ganz lieb und freue mich noch immer.

Deine Mutti
PS: Was bedeuten in deinem Absender eigentlich die drei Großbuchstaben JVA?

Jeden Tag läuft im Fernsehen mindestens ein Kriminalfilm. Die Themen wurden mehrfach und von allen Seiten behandelt. Da ist es schwer, sich neue Kriminalfälle auszudenken. Trotzdem ermittelt im Folgenden Kommissar Meier.

Der Messerstich

Kommissar Meier hatte nach langer Zeit endlich ein freies Wochenende. Wegfahren wollte er nicht. Nur mal in Ruhe nachdenken. Das geht zu Hause wunderbar. Und nebenbei im Garten etwas zupfen und abends fernsehen. Seine Frau Marianne dagegen machte gern Sudoku, zur Entspannung. Wenn sie nicht weiterkam, rief ihr Mann ihr zu: *‚Nimm die Neun!'* – *‚Hab' ich schon. Sogar einmal rum',* lautete oft die Antwort. Marianne konnte selbst beim Fernsehen Sudoku machen. Oder Karten legen. *Nur* Fernsehen war nichts für sie. Da wurde sie kribbelig. Werner dagegen durfte nicht gestört werden, wenn ein Film lief. Er sog das Geschehen förmlich auf, ging mit, bangte mit den Schauspielern und hoffte auf ein gutes Ende. Was könnten sich Filmemacher mehr wünschen? Ganz anders an diesem

Wochenende. Da konnte sich Kommissar Meier mit *Blochin* nicht identifizieren. Es gab im Krimi-Mehrteiler zu viele Verstrickungen. Bis hinein in die Politik, Wirtschaft und auch zu seinen Polizeikollegen – alle steckten irgendwie mit drin, im organisierten Verbrechen, waren zum Teil selbst Mörder. Im Film. Das war nicht seine Sicht auf seine Stadt. Seine Wirklichkeit war anders. Für Kommissar Meier mussten Politiker Vorbild sein. Und wenn er selbst im Notfall die Polizei rufen müsste, möchte er keinem Mörder gegenüberstehen. Da lobte er sich die einfachen Fälle.

„Na", fragte Marianne, „wie weit bist du mit deiner Messerstecherei?"
„Noch nicht weiter. Bisher kein Geständnis. Der Täter behauptet, sein Opfer habe sich im Gerangel selbst tödlich verletzt. Vielleicht bringt uns die Obduktion weiter?"
„Weißt du noch", erinnerte sich Marianne, „wie du einmal ein Geständnis erreicht hast durch einen tollen Bluff?"
„Ja?", wunderte sich Kommissar Meier. Manche Fälle blieben in Erinnerung und andere verblassten.

„Erzähl doch noch mal …, wie war das?", bat ihn seine Frau.

Er erinnerte sich: „Ich weiß gar nicht mehr, was der Beschuldigte getan hatte. Aber wir alle waren uns einig: *Er* war es. Die Beweislage war aber sehr dünn, und wir hätten ihn bald laufen lassen müssen. Nur mit einem Geständnis konnte man ihn verurteilen."

„Nun sag doch schon! Wie hattest du ihn zum Geständnis gebracht?"

„Ganz einfach. Ich habe ihm gesagt, dass in zwei Monaten jeder Neuverurteilte für seine Kosten im Gefängnis selbst aufkommen muss. Gesteht er aber bald, wird sein Einsitzen noch vom Staat bezahlt."

„Und das hat er geglaubt!"

„Ja. Nur er selbst wusste ja, dass er es war. Und so dachte er sich, wenn schon rein, dann aber kostenfrei. – 'Ne schöne Geschichte, aber lange her. Heute würde er auf der Zelle im Internet suchen und den Bluff erkennen."

Am Dienstag lag der Obduktionsbericht endlich vor. Kommissar Meier verhörte den Messerstecher Bruno Lange weiter.

„Wie sie wissen, Herr Lange, haben wir die Tatwaffe. Auf dem Messer sind ihre Fingerabdrücke."

„Aber auch die von dem anderen", warf Bruno ein. Kommissar Meier fuhr fort: „Und es gibt einen Zeugen, der aussagen wird. In dem Gerangel haben sie mehrmals zugestochen. – Was sagen sie dazu?"

Bruno Lange überlegte bereits seit seiner Tat, wie er da rauskommen könnte. Die Beweislage war erdrückend. Und dann noch ein Zeuge! Aber im Gerangel, sie haben Körper an Körper gekämpft, kann selbst ein Zeuge nicht alles sehen. Diesen Umstand wollte er ausnutzen. Lange dachte nach und schwieg.

Kommissar Meier fuhr fort: „Mehrere leichte Schnittwunden haben sie dem Opfer zugefügt und zwei tiefer gehende Messerstiche. Bei der Obduktion wurde eine Stichverletzung am Brustkorb und eine weitere am Oberschenkel festgestellt."

„Das könnt ihr mir nicht anhängen", unterbrach ihn Bruno. Er war sich seiner Sache sicher, wollte ein bisschen zugeben. Aber nicht den tödlichen Stich in die Brust! „Ja, ich habe ihn geritzt. Auch in den Oberschenkel gestochen. Aber den Stich in die Brust hat er

32

sich selbst beigebracht. Wir haben gekämpft, wir waren uns sehr nah … da kann kein Zeuge was genau gesehen haben … das war er selbst!"

„War es denn wirklich so?", wollte Kommissar Meier noch einmal wissen.

„Ja. Wirklich. So hat es sich abgespielt", bestätigte Bruno Lange. „Den Stich ins Bein geb' ich ja zu. Aber nicht den anderen."

„Mir liegt der Obduktionsbericht vor", sagte Kommissar Meier. „Demzufolge haben sie eben zugegeben, dass sie das Opfer getötet haben."

„Aber ich habe doch erklärt, dass ich mit dem Stich in die Brust nichts zu tun habe", wiederholte Bruno Lange.

Kommissar Meier fuhr fort: „Laut Obduktion war der Stich in die Brust nur oberflächlich und führte nicht zum Tod. Das Opfer verblutete durch den Stich in den Oberschenkel, eine große Arterie war durchtrennt worden."

*Es gibt viele Nörgler unter uns. Und sie glauben,
immer alles richtig zu machen.
Geschieht ihnen aber doch mal selbst ein Fehler,
kann dies die Pointe der Geschichte sein.*

Die Sonntagsfahrer

„Was bist du denn so zappelig, Hugo?",
fragte Hilde. „Wir haben alle Zeit der Welt.
Heute ist Sonntag und es ist völlig egal,
wann wir bei deiner Schwester ankommen.
Du kennst den Weg. Es ist immer derselbe."

„Ja, schon. Aber im Radio sind *Die Sonntagsfahrer* bald durch. Und wir sind zum Kaffee
eingeladen. Nicht zum Abendbrot. – Jetzt
hat die *Pantel* schon wieder das Gespräch
abgewürgt. Trägt nichts bei, schmeißt aber
den Anrufer aus der Leitung", murmelte er.

„Ja, warn sie nicht gerade fertig? Und ihre
jugendliche Art ist doch erfrischend", sagte
Hilde.

„Diese plärrende Stimme?" Hugo machte
alles nervös. Besonders, wenn es nicht los-
ging. Hätte *er* das Sagen, würden sie schon

längst mit dem Auto unterwegs sein. So aber saß er am Küchentisch und wartete auf Hilde. Dann stichelte er: „Aber du weißt: Wir brauchen fünfzig Minuten. Ohne Verkehr."

„Ohne was?", rief Hilde aus dem Flur.

‚Hat sie es nicht verstanden? Oder kann sie sich nicht mehr erinnern?', überlegte Hugo. Schließlich ging er zu ihr in den Flur und erklärte: „Der Routenplaner im Internet zeigt nicht nur die kürzeste Wegstrecke …"

„Das weiß ich doch alles, mein Lieber."

„…, sondern schätzt auch die Fahrtzeit; aber ohne Störungen, Stau oder was weiß ich … eben ohne Verkehr."

Jetzt sah Hilde ihn an und dachte: ‚Hab' ich mich doch nicht verhört.' Dann meinte sie: „Nun red nicht so viel. Lass uns endlich losfahren. Ich bin fertig."

„Warte. Gleich kommt der Verkehrsfunk."

Hilde setzte sich schnaufend zu ihm an den Tisch und hielt ihre Handtasche fest. Beide lauschten dem Radio, konnten aber keinen Hinweis für ihre Wegstrecke heraushören.

„Na, dann woll'n wir mal. Was wir in der Stadt vertrödeln, könn' wir auf der Autobahn wieder rausholen", meinte er.

Kaum waren sie auf *ihrer* Straße, nahm ihnen einer die Vorfahrt. „Ja spinnt denn der?", schimpfte Hugo und hupte ihn an. „Was soll denn das?", brüllte er fasst. „Der glaubt, er kann sich in den fließenden Verkehr einfädeln? Kann er nicht, dieser Sonntagsfahrer!"

„Nun lass doch …", beruhigte ihn Hilde. „Er hat dich bestimmt langsamer eingeschätzt? Vielleicht liegts an deinem Hut?"

„Er hat mir die Vorfahrt genommen, uns!" Hugo klopfte mit der flachen Hand auf das Lenkrad. „Wenn er jetzt wenigstens fahren würde …! Na los!" Hugo sah auf das Nummernschild des Vordermannes: LOS. „Ah, ist ja kein Wunder: Landkreis Oder-Spree. Na los, fahr schon! – Was macht der denn jetzt? Will der mich ausbremsen? Ja, das kann doch wohl nicht wahr sein!"

„Ich glaube, hier ist dreißig?", fragte Hilde vorsichtig.

„Dreißig? – Hier fährt doch nie einer dreißig! Dreißig heißt: nicht mehr als fünfzig! Nun gut. Wenn er Recht hat, kann ich nicht mal hupen. – Wären wir *eher* losgefahren, wäre er jetzt *hinter* uns. Weit hinter uns."

„Reg' dich nicht auf", meinte Hilde. „Wir kommen schon an. Irgendwann."

Hugo starrte zum Glück auf den Vordermann, als dieser plötzlich völlig unmotiviert bremste: „Ja spinnt der jetzt völlig? Warum hält der an? Die Ampel ist grün! Bei welcher Farbe will er denn fahren?" Entschuldigend blickte er zu Hilde und betätigte die Hupe. Einmal, zweimal, Dauerton. Dabei fuchtelte er dem Vordermann zu, er solle endlich fahren.

Hilde bemühte sich, wie der Vordermann zu denken: „Guck mal, da stehen Fußgänger an der Ampel. Hier war mal ein Zebrastreifen."

„Aber die Streifen sind gelb durchgestrichen und die Schilder mit irgendwelchen Mülltüten abgehängt. Dafür gibt es jetzt die Ampel. Und die ist für uns grün."

Nun hatten die Fußgänger an der Ampel gedrückt und diese schaltete um.

Hugo hörte mit dem Hupen auf und sah mit großen Augen, wie der Vordermann losfuhr. Jetzt war aber rot.

„Oh, mein Gott", rief er, „das kann nicht wahr sein!"

„Dir kann man es nur schwer recht machen", scherzte Hilde. „Jetzt fährt er endlich und nun ist auch wieder nicht gut."
Hugo schüttelte den Kopf.

Bald darauf hatten sie die Autobahnauffahrt erreicht und er konnte endlich richtig Gas geben. Aber irgendwas war anders. Hugo hatte sie vierspurig in Erinnerung. Auch ohne Gegenverkehr.

‚Der Falschfahrer' müsste eigentlich die vorangegangene Geschichte heißen. Aber dann wäre der Schluss vorweggenommen. Deshalb habe ich das Fahrverhalten der anderen für den Geschichtentitel genutzt. ‚Die Sonntagsfahrer'. Und im weitesten Sinne sitzt Hugo mit seiner eigenen Fahrweise im selben Auto.

Wir sind die Besten

Einen Fussel wollte er ganz vorsichtig von seinem Bildschirm entfernen. Aber es gelang ihm nicht. Der leichte Druck seines Zeigefingers löste stattdessen auf dem Touchscreen einen Befehl aus. Plötzlich hörte Daniel Neubert eine Stimme. Sie kam aus dem Computer und sagte: „Stimmen Sie zu. Ohne Zustimmung gibt es kein Weiter. Hier die wichtigsten Punkte. Wir haben nichts geändert, aber Sie sollen sich vertraut machen mit unseren Diensten. Und Sie können jederzeit widerrufen für die Zukunft."

Daniel Neubert tippte erschrocken auf den Bildschirm und die Stimme aus dem Computer verstummte. Unbewusst musste er in den Spracheinstellungen etwas verändert haben. Er tippte erneut und die Stimme fuhr fort: „Wenn Sie sich auf dem Kartendienst ein Restaurant oder auf der Videoplattform etwas angesehen haben, so freuen wir uns, dass wir Ihnen helfen konnten. Wir freuen uns aber auch über die Informationen, die Sie uns dabei gegeben haben. So sehen wir, von welchem Gerät mit welcher IP-Adresse und von wo aus sie welche Webseiten besucht haben."

Mit seinem Finger stoppte er den Redefluss. Irgendwie war das ja alles bekannt; aber trotzdem noch gewöhnungsbedürftig. Was hatte man sich früher aufgeregt, wenn Informationen gesammelt wurden. – Er tippte wieder auf den Bildschirm und die Stimme fuhr fort: „Wir verarbeiten Ihre Interessen, die wir anhand Ihrer Daten ermitteln konnten, und bieten Ihnen im Gegenzug personengenaue Werbung in unseren Diensten an. Dabei wollen wir unsere Qualität verbessern und neue Dienste entwickeln. Alles zu Ihrem Wohle, denn wir sind die Guten."

Die Stimme wurde von Daniel Neuberts Finger erneut gestoppt. ‚Will ich das denn?‘, überlegte er. ‚Will ich *Fremdbestimmung?* Und was ist, wenn ich die veräppele? Internetseiten aufrufe und nach Begriffen suche, die mich aber überhaupt nicht interessieren?' Er tippte wieder an den Bildschirm und die Stimme sagte: „Wir wollen Sie besser verstehen. Sie zeigen uns ihre Lieblingsorte, sehen sich interessante Dinge an und führen uns zu ihren Freunden. Wir analysieren, wie unsere Dienste genutzt werden. Im Gegenzug bieten wir mehr Sicherheit und schützen Sie vor Betrug und Missbrauch im Internet. Wir wollen unsere Dienste für Sie optimieren, denn *wir sind die Besten.*"

,Und ich bin der Weihnachtsmann', dachte sich Daniel Neubert und stoppte den Vortrag erneut. Er überlegte: ,Kann man sich dem Neuen gar nicht mehr entziehen? – Alle sind doch im Internet und viele meinen, es geht nicht mehr ohne?'

Er berührte wieder den Touchscreen und lauschte der Stimme: „Es liegt bei Ihnen, wie wir Ihre Daten nutzen. Sie können ihre Spuren im Internet löschen, die Cookies ebenso, und die personenbezogene Werbung deaktivieren. Gehen Sie dazu in die Einstellungen der einzelnen Dienste. Dort finden Sie alles Weitere, nur etwas versteckt. – Abschließend drücken Sie jetzt bitte auf *Zustimmen* oder auf *Später erinnern.*"

Daniel Neubert drückte den Button *Später erinnern*, schaltete den Computer aus, steckte sein Smartphone ein und machte sich auf den Weg zu Oma Margot. ‚Hoffentlich geht es ihr gut‘, dachte er sich. Wie gewohnt fuhr er einmal pro Woche zu ihr aufs Land, um ihr die wichtigsten Einkäufe zu bringen. Während der Fahrt ließ er sein Smartphone aus, er wollte nicht ständig erreichbar sein. Schließlich parkte er den alten *VW-Bus* direkt vor dem Grundstück von Oma Margot. Bevor er reinging, schaltete er sein Handy doch noch mal an. Er hatte nichts verpasst. Kein Anruf in Abwesenheit, keine SMS, keine E-Mail.

Wie gewohnt informierten ihn seine Dienste über das Kinoprogramm von heute, ein Konzert in einem Club, eine Ausstellung, Gaststätten. Alles in seiner Wohnortnähe. — Dann wurde die Anzeige aktualisiert und er las: ‚Für Ihren aktuellen Standort haben wir leider keine Empfehlungen.‘

Bei den Oma-Enkel-Geschichten habe ich mir den Spaß erlaubt, halbe oder auch ganze Sätze in mehreren Geschichten wiederholt auftauchen zu lassen. Das ist gewollt.

Kronkorken

‚Hoffentlich geht es ihr gut', dachte sich Daniel Neubert, als er am Freitagabend zu seiner Oma aufs Land fuhr. Er parkte seinen alten *VW-Bus* direkt vor dem Grundstück, klingelte kurz und öffnete mit dem ihm anvertrauten Schlüssel das kleine Häuschen. Gut gelaunt rief er in der Diele ihren Namen, aber es kam keine Antwort. Vorsichtig betrat er das einzige Zimmer. Omi Margot saß in ihrem viel zu großen Ohrensessel, bewegungslos. Daniel berührte sie sacht, fühlte ihren Puls. Ganz langsam erwachte sie. Er atmete erleichtert auf. Irgendwann würde er sie bestimmt mal tot vorfinden, aber heute war nicht dieser Tag.

„Du sollst dich nicht immer so reinschleichen", ermahnte sie ihren Enkel. „Sonst sterbe ich noch mal an Herzversagen. Und dann bist du schuld."

Daniel wusste nicht, wie er es richtig machen sollte: „Ich habe geklingelt und gerufen, als ich reinkam."

„Jaja, ich weiß … Ich kann sehr tief schlafen, aber leider nicht mehr in der Nacht. Und so bin ich am Tage öfter mal weg."

Sie schob den großen Karton, der noch immer zwischen ihren Beinen stand, zur Seite: „Mülltrennung. Will mich nützlich machen auf meine alten Tage. Kronkorken. Ich kratze das Zeug da drinnen raus. Nun sind sie blank."

„Von der Aktion habe ich gar nichts gehört. Machen das jetzt alle hier im Ort?", fragte Daniel ungläubig.

„Ich hoffe nicht. Ist doch meine Idee!"

„Und wie geht's dann weiter?"

„Wie geht's dann weiter? Frag doch erst mal, wo ich die alle herhabe!"

„Stimmt. Du trinkst ja gar nicht so viel Bier!"

„Eben. Das mit dem Sammeln in der Dorf-kneipe hat mir zu lange gedauert. Und das Nachhauseschleppen hat mich gestört, und die Fragen, die kamen. Konnte mich bisher um die Antwort drücken. Hab ablenkend gefragt: Warum nicht? Ich sammle Kron-korken. Andere klauen Kupferkabel."

„Und wo hast du nun diese Unmengen her?"

„Kostenlose Kleinanzeigen im *Kümmel*, hab 'ne Annonce aufgesetzt: *Kronkorken für einen guten Zweck gesucht.* Verstehst du?"

„Ja", sagte Daniel zögernd, „noch nicht ganz. Dann hast du Kronkorken zuge-schickt bekommen?"

„Genau. Schuhkartonweise. Ich musste sie nicht mehr aus der Kneipe holen. Andere nehmen sie als Poltergeschirr und anschlie-ßend werden sie wie Abfall weggekehrt und entsorgt. Aber ich will sie dem Wertstoff-kreis wieder zuführen. Verstehst du? Denn: *Altstoffe sind Rohstoffe.* Was einmal sitzt, das sitzt!"

Daniel überlegte: „Und was ist jetzt *meine* Aufgabe dabei?"

Oma Margot sagte: „Na ganz einfach. Wer von uns beiden hat ein Auto …?"

„Okay, wo soll ich die Kronkorken hinfahren? Zum Altstoffhandel?"

„Nee, das bringt zu wenig. Ich habe mir gedacht, du bringst sie zur Brauerei zurück. Kronkorken wieder auf Anfang."

„Hast du das mit der Brauerei abgesprochen?", fragte Daniel.

„Wieso abgesprochen?"

„Was ist das für eine Aktion? 1000 Korken für …?"

„Ich sammle ohne Aktionismus! Es ist eine gute Idee. Finde ich. Das Weißblech, oder Aluminium, oder was weiß ich, aus was die Dinger sind, muss man doch nicht wegwerfen!", sagte Oma Margot überzeugt.

„Du magst ja Recht haben. Aber mit solchen Dingen gibt sich keiner ab." Daniel griff in den Karton: „Und dann sind die ja von mehreren Biersorten!"

„Sei nicht so kleinlich. Es geht ums Prinzip. Also zurück zur Brauerei! Kannst du dir vorstellen, dass du sie für mich zurückbringst?"

Zögerlich erwiderte Daniel: „Naja. Aber zu welcher? Es sind so viele Sorten."

„Viele Sorten ja. Aber auch viele Brauereien? Werden die Abfüllungen nicht einfach nach einem Tag geändert? Umetikettiert? Richtig anders schmeckt doch bestimmt kein Bier. Vorausgesetzt die Art bleibt gleich. Ich meine *hell* oder *dunkel* oder *Hefeweizen* zum Beispiel. Was bei den Medikamenten gemacht wird, funktioniert erst recht beim Bier. Glaub mir mal. Ich bin älter als du."

„Du nimmst mir jegliche Illusion."

„Glaub mir nur. Du musst endlich das richtige Leben kennen lernen", sagte sie scherzhaft.

„Okay. Ich fahr dir das Zeug weg."

„Prima, ich wusste, ich kann mich auf dich verlassen."

Und so kam es, dass Daniel am darauffolgenden Tag mit seinem alten *VW-Bus* voller Kronkorken auf dem Weg nach Hause die nächstgelegene Brauerei anfuhr. Wie die Sache ausgehen würde, davon hatte Daniel nun wirklich keine Vorstellung. Zur Not würde er sie beim Altstoffhändler entsorgen.

Auf seinem Smartphone hatte sich Daniel drei Brauereien herausgesucht. Die erste hatte samstags geschlossen. Die zweite hielt sich bedeckt und ließ ihn gar nicht vor. Aber die dritte war bereit, hörte sich die Geschichte an und unterbreitete ihm ein Angebot.

Nachdem Daniel alles ausgeladen hatte, rief er gleich seine Oma an: „Omi Margot?"
„Ja."
„Du schläfst ja gar nicht!"
„Du sollst mich nicht ärgern. Außerdem ist das Täterwissen! – Was hast du erreicht?"
„Sie haben sich schwergetan. Bei ihnen läuft gar keine Sammelaktion. Und überhaupt wollen sie da nicht mitmachen. Erst vor kurzem wurde in einen Getränkemarkt eingebrochen und es wurden über 1200 Flaschen eines Mitbewerbers geöffnet. Die Täter haben gehofft, in den Kronkorken den Gewinnhinweis zu finden. Sie haben nichts getrunken, nur die Flaschen geöffnet. Hast du davon gewusst?"
„Nein, natürlich nicht. Und gemacht hätte ich so etwas auch nicht."
„Schon gut. Aber dann haben die von der Brauerei gesagt, weil du so fleißig Kronkorken gesammelt hast, bekommst du eine

Führung durch die Brauerei, du kannst dir die Produktionsabläufe ansehen und anschließend ist Verkostung. Ist das nicht super? Kannst du am kommenden Freitag?"

„Ich ja. Und du? Kannst du dir bitte frei nehmen und fährst du mich?", schnurrte sie. „Du bist doch mein lieber Daniel, nicht wahr?"

„Ja. Super. Ich mag dich wirklich sehr", sagte Daniel ironisch und beendete das Telefonat.

‚Na, prima', dachte sich Oma Margot. ‚Nun hat mir das Sammeln doch noch etwas eingebracht. Und ich komm endlich mal raus aus diesem Kaff. Ob ich meine Bridge-Freundin einlade? Sie trinkt doch Bier und hat bestimmt Interesse. Und Daniel fährt uns.'

Das parkende Auto I

30. November

„Was bist du denn so zappelig, Herbert?",
fragte Gudrun, die ihren Mann schon 40
Jahre kannte.

„Es macht mich nervös", sagte er am Küchenfenster. „Das Auto steht einfach da.
Ein Kerl sitzt drin und lungert stundenlang
herum; so etwas fällt doch auf; hat ja die
letzten Jahre keiner gemacht. – Ich glaub,
ich bring noch mal den Mülleimer runter."

„Aber Herbert, so spät hast du noch nie den
Mülleimer runtergetragen."

„Da siehste mal, was so ein parkendes Auto
auslöst."

Vom Küchenfenster aus, im ersten Stock,
sah Gudrun ihren Mann, wie er die parkenden Autos umschlich. Nachts wurden von
den 25 Stellflächen nur wenige genutzt.

Wieder zurück, berichtete er: „Jetzt lässt er den Motor laufen, der friert in seinem alten *Golf Diesel.* Hoffentlich haut der bald ab. Die Nacht wird kalt."

„Aber, vielleicht ist er zu Hause rausgeflogen und muss im Auto übernachten?"

„Schon möglich, aber doch nicht vor *unserer* Tür!"

„Die Parkflächen sind für alle da", sagte sie.

„Er parkt vorschriftsmäßig, quer zur Fahrtrichtung, mit der Schnauze zur anderen Seite. Und er schaut nach vorn."

„Also, du meinst, dass er gar nicht *uns* beobachtet?"

„Er sieht zur anderen Seite; ist doch alles viel interessanter: Der Lotto-Laden, die Apotheke, der Imbiss, das Büro …"

„Und wenn er *uns* durch den Rückspiegel beobachtet …?"

„Ach was? Das ist viel zu umständlich."

„Das sagst du nur, um mich zu beruhigen."

„Nein, ich sag es, weil es so ist."

„Na, wenn du meinst. – Aber seine Autonummer hab' ich mir notiert, man weiß ja nie …"

Fortsetzung Seite 91

Der 30–Euro–Schnitt

Edwin Huber wurde vom Geräusch einer Kettensäge geweckt. Er rieb sich die Augen, stand mürrisch auf, sah aus dem Fenster, konnte aber die Lärmquelle nicht entdecken. Die Uhr zeigte 8.30 an.

‚Naja‘, dachte er sich. ‚Wenigstens nicht mehr ganz so früh.‘

In seinem Alter hatte er es satt, ständig früh geweckt zu werden. Aber so waren nun mal die Zeiten. Zu seiner Linken hatten die Nachbarn verkauft, und die Neuen begannen zu bauen. Ein halbes Jahr Bauzeit, täglich ab 7.00 Uhr. Das war überstanden.

Doch jetzt wieder Krach. Edwin Huber zog sich warm an und verließ das Haus. Er ging zum Wasser runter und freute sich wie vor zwanzig Jahren über dieses Stückchen Land. Vielleicht würde er es auch einmal verlassen,

verkaufen, wegziehen und das Geld ausgeben. Aber zurzeit konnte er noch gut für
Haus und Garten sorgen.

Auf dem Wasser war die Eisschicht nur
noch dünn, der Winter verlor seine Kraft,
die Sonne wurde immer stärker. Ein leichter
Wind wehte ihm die langen Enden seiner
Trauerweide in den Nacken, und er erinnerte sich, wie er sommers gleich hier, am
Grundstück sitzend, angelte.

Plötzlich wieder das Geräusch. Edwin Huber hatte fast vergessen, warum er raus und
zum Wasser gegangen war. Ein Blick nach
rechts und alles war klar. Der Nachbar ließ
einen Baum fällen. Interessiert sah Edwin
Huber ihnen zu. Stück für Stück wurden
von oben die Äste abgetragen. Fachmän-
nisch. Einer saß im Baum, befestigte den
Ast an einem Seil, das über einen zweiten
gespannt wurde. Dann wurde gesägt. Der
Zweite ließ den abgeschnittenen Ast langsam runter. Unten trennte er gleich die
Zweige ab, zerschnitt den Ast in Meterstü-
cke und belud den Anhänger. Die Zweige
häckselte er gleich. Dann wurde der Stamm

von oben in Stücken abgetragen. Wieder sah alles sehr gekonnt aus, sehr logisch.

Edwin Huber sah sich gern Arbeitsabläufe an, es war für ihn wie eine Schulung. Und vieles kann man wirklich allein machen, wenn man nur weiß, wie es geht.

Trotzdem rief er die Baumfäller zu sich an den Gartenzaum, als sie gerade eine kleine Pause machen wollten. Er fragte sie, ob sie ihm nach getaner Arbeit nicht auch noch einen Ast absägen könnten; zumal sie bereits hier seien und für ihn eine Anfahrt entfallen würde. Er zeigte zu seiner Trauerweide: „Der eine Ast stört mich. Der da, der so quer rüber geht. Immer, wenn ich meine Angel auswerfen will, verheddert sie sich in den Zweigen. Hab auch 'ne eigene Säge; aber wenn ihr schon mal hier seid? Das wäre ja nur ein Schnitt! – Was soll es denn kosten?"

Die Baumfäller sahen sich an, sahen zur Trauerweide und schätzen den Aufwand ab: „30 Euro müssten wir schon nehmen, mit Rechnung", sagte der eine.

„Und ohne?", fragte Edwin.

„Ohne Rechnung machen wir nicht."

„Ich überleg es mir."

Edwin Huber ging in sein Haus, machte sich einen Kaffee und frühstückte. Dann dachte er über den Preis nach. Natürlich hatte er die 30 Euro. Aber als er vor neun Jahren in Rente ging, war diese nicht so hoch ausgefallen. Von 30 Euro konnte er fast eine ganze Woche lang leben. – Und wenn er die Angel nicht so weit auswerfen würde, wäre der Schnitt gar nicht notwendig. Also, was soll es? ,Ich werde es ihnen sagen', dachte er sich.

Edwin Huber stand nun wieder am Zaun und sah den Baumfällern zu. Alles sah so spielend leicht aus. Als sie fertig waren, winkte er sie noch einmal zu sich.

„Ich habe es mir überlegt", sagte er. „Aber die 30 Euro sind mir zu viel. Ist doch eine ganz schöne Summe für nur einen Ast. – Werdet ihr auch merken, wenn ihr mal in Rente seid! Und so sehr stört mich der Ast nun auch wieder nicht. Nochmals vielen Dank für alles."

„Kein Problem!", sagten die Baumfäller und zogen davon.

Würde ihm der Antrieb nicht immer fehlen, wäre Edwin Huber viel zufriedener. Wenn er nachts nicht schlafen kann, denkt er sich: morgen, nach dem Frühstück, machst du das und das. Es ist ganz einfach: Du nimmst die Astschere und beschneidest den Apfelbaum. Die langen Wasserruten vom Vorjahr kürzt du, sägst ein paar Zweige raus und schon ist alles erledigt. – Wenn früh aber die Lust noch schläft, bleibt so einiges liegen. Andererseits kann er es sich erlauben, den ganzen Tag nichts zu machen.

Aber diesmal war der Eindruck noch frisch. Die Arbeit konnte er allein erledigen und dann würde er sich für den einen Schnitt die 30 Euro selbst auszahlen. Genau so würde er es jetzt machen. ‚Machen' war das Zauberwort.
Edwin Huber holte einen Spanngurt, die Kettensäge und die Leiter aus dem Schuppen, schaffte alles zur Trauerweide und überlegte: ‚Das mit dem Spanngurt lass ich mal. Wenn ich den Ast absäge, kann er ruhig runterfallen. Also nur die Leiter ausfahren und anlehnen, auf festen Stand achten, alles klar', dachte er sich. ‚Aber nicht gleich

die Leiter am Stamm anlehnen und sägen. Lieber erst mal von der eigentlichen Stelle einen Meter entfernt den ersten Schnitt machen und wenn der erledigt ist, am Stamm noch einmal sägen. Nur so sieht alles sauber aus.'

Gedacht, getan.

Edwin Huber stellte die ausgeklappte Leiter auf, kletterte rauf, wieder runter, korrigierte den Stand, kletterte wieder rauf, war zufrieden. Wieder unten, probierte er seine Kettensäge aus. Sie surrte kraftvoll. Mit beiden Händen müsste er sie eigentlich halten und dabei zwei Schalter drücken. Viel zu umständlich. Deshalb hatte er sich einen Draht so gebogen, dass sie nicht mehr von alleine ausging.

Noch untenstehend, brachte er sie zum Laufen und kletterte mit ihr die Leiter rauf. Jetzt stand er in gut 3 Meter Höhe, presste seinen Körper gegen die Leiter, hielt mit beiden Händen die Säge, lehnte sich vor zum Ast, hielt die Säge an und drückte. Sie fraß sich nur wenig in das Holz. Huber drückte noch mehr. Plötzlich spürte er, dass die Leiter nachgab, allmählich im Boden versank? Sich neigte? Oder wurde ihm schwindlig? Woran sollte er sich festhalten? Es ging abwärts! Er hielt sich … der Ast war zu weit weg … die Leiter neigte sich … an der Säge fest. Als Edwin Huber unten aufschlug, fraß sich die laufende Säge in seinen Hals. Die Schlagader war sofort durchtrennt, das Blut strömte und die Säge surrte weiter.

Ein nicht enden wollendes Geräusch.

Edwin Huber hatte 30 Euro gespart; aber er konnte sie sich nicht mehr auszahlen.

Böse. Ich weiß. Und wie ich mich erinnere, gab es einen ähnlichen Unfall wirklich. Aber den Hergang nur dokumentarisch aufzuschreiben, ergäbe noch keine Kurzgeschichte. Hubers handwerkliches Können, seine Lust und Unlust, die Sparsamkeit und in diesem Falle sein materielles Abwägen machen die Sache interessant.

Solch ein Sturz ist ja nicht selten. Jeder muss für sich entscheiden, was man sich zutrauen kann. − Ob es gut geht, weiß man immer erst danach.

Rational. Wir entscheiden nicht immer so.
Aber auch im wahren Leben geschehen Dinge, die
nicht logisch sind und sich erst einmal nicht erklären
lassen.

Schulden

„Komm doch rein, komm rein", rief Klaus scheißfreundlich. Er trug einen dunkelblauen Anzug, das Jackett offen, die Schuhe waren handgearbeitet und glänzten. So stand er in der Haustür seines Einfamilienhauses und winkte einladend.

Das kleine Gartentor fiel hinter Rolf wieder ins Schloss, er kam in Jeans und Pullover, eilte die paar Stufen hinauf, wütend wegen der Dinge, die im Vorfeld geschehen waren. Rolf war fast einen Kopf größer, sportlicher und vor allem kräftiger als Klaus. Ob er seine Kraft brauchen würde, war völlig offen. Diese angespannte Situation spürte Klaus und fragte daher: „Hast du deinen Revolver dabei? Oder kommen wir auch so miteinander aus?"

Rolf war von der Frage doch überrascht; also war bei Klaus der Ernst der Lage endlich angekommen. Rolf parierte: „Ich habe ihn im Auto gelassen; ich kann ihn später holen!"

Klaus zog seinen Bauch ein, als Rolf an ihm vorbeiging.

„Ich möchte dir das Geld nicht gleich im Flur geben." Klaus hielt einen Umschlag in der Hand. „Lass uns noch mal reingehen und setzen. Ich will dir alles erklären, dich wirklich nicht *so* gehenlassen. Ich mag keine Missstimmung." Klaus schob Rolf ins Wohnzimmer. Getränke waren vorbereitet.

„Ist schon gut, ich weiß inzwischen, was ich von dir halten kann; und das ist nicht mehr allzu viel", antwortete Rolf stinksauer.

„Ach, nun hör bitte auf damit!", sagte Klaus wie ein bockiges Kind. Und dann wieder, als würde er um ihn buhlen: „Ich verlange viel von dir, ich weiß; aber lass uns die letzten drei Monate einfach vergessen, okay?"

„Ich bin eigentlich nicht nachtragend", erwiderte Rolf. „Aber was du dir geleistet hast, war unter aller Sau. So geht man nicht mit

Menschen um. Und mit Freunden erst recht nicht. Was meinst du denn, was andere über dich denken? Ist dir das egal? – Okay, du kannst gern all deine Freunde vor den Kopf stoßen. Aber denk' an die Zeit in ein paar Jahren, wenn du nicht mehr auf dem hohen Ross sitzt, dein Job weg ist, weil die Rente erbarmungslos ruft. Dann bist du einsam. Und bist selbst dran schuld!" Rolfs Worte klangen nach.

Klaus schob das Geld rüber und bat ihn nachzuzählen.

Klaus hatte sich 3.000 Euro von Rolf geliehen, als sie noch Freunde waren. Klaus erzählte etwas von einer plötzlichen Steuernachforderung, und er würde es in vierzehn Tagen garantiert zurückgeben, mit Zinsen. Zehn Prozent wollte er zahlen. Es gab keinen Schuldschein, eigentlich nichts, nur Vertrauen und eine Überweisung.

Die vierzehn Tage vergingen; doch Rolf sah sein Geld nicht wieder. Er hakte nach, es folgten Ausflüchte, dann das große Schweigen, es vergingen weitere Wochen ohne Rückzahlung, Klaus meldete sich nicht, ging nicht mehr ans Telefon, antwortete auf keine

E-Mail und keine SMS. Aber er spürte sehr wohl, wann dem anderen der Kragen platzen würde. Dann meldete er sich, versprach zu zahlen, nannte einen Übergabetermin, verschob diesen, erfand immer neue Geschichten, und zum festen Termin war er plötzlich wieder verhindert.

„Mensch, Rolf", begann Klaus. Er saß breitbeinig auf dem Ledersofa, leicht nach vorn gebeugt, nach den richtigen Worten suchend. „Du hast dich bestimmt gefragt, was mit mir los war? Warum leiht er sich etwas, macht auf Kumpel und haut dann ab mit dem Geld … Ganz so war es ja nicht …" Klaus lehnte sich zurück, lockerte seine Krawatte und erzählte weiter: „Weißt du, Rolf, ständig wollen alle was von mir. Manchmal ist mir das alles zu viel. Die Arbeit, die Termine, das ganze Umfeld, meine Frau. Das viele Geld, das reinkommt und wieder rausgeht … Ein Psychologe würde sagen: ‚Er steht unter gesellschaftlichem Druck.' Das mag so sein. – Du und ich, wir beide haben zusammen Abitur gemacht, wir hatten ähnliche Startbedingungen. Dann rief mich die Karriere. Manchmal hab' ich mir gewünscht, wenn ich nachts schlaflos im Bett lag: ‚Drei Gänge langsamer, weniger Verantwortung, weniger Geld, einfachere Umstände, aber vielleicht bessere Freunde.' Du weißt, in welcher Position ich jetzt arbeite. Alle in meiner Führungsebene haben ein Haus, wenigstens ein Kampahaus, alle fahren Mercedes, BMW oder Audi. Da kann ich nicht in einem Dacia kommen! Anzugpflicht ist angesagt, jeden Tag. Dann muss ich hier mal einen ausgeben, werde da mal eingeladen, mit Frau. Auch sie muss gekleidet sein, schick, nichts von H&M oder Bader. – Ich könnte dir noch einiges erzählen …", sagte Klaus und prüfte, wie seine Rede ankam.

„Weißt du, Klaus, wir wohnen auch in einem eigenen Haus. – Es ist etwas kleiner; aber wir haben's sogar schon abgezahlt. Als bei uns das Geld knapp war, haben wir uns eingeschränkt, ich habe gesagt: ‚Haushaltssperre, liebe Monika. Erst sind die Raten dran.' Ja, wir hatten finanziell auch harte Zeiten."

„Mit ‚einschränken' ging es bei uns irgendwann nicht mehr", fuhr Klaus fort. Er spürte, dass er noch kein Verständnis bei Rolf geweckt hatte. „Bei uns ist alles zu groß. Da ist das Haus, die Raten, die Lebensversicherungen, das Auto hat meine Frau geleast. – Ich weiß, wenn man es nicht dienstlich absetzen kann, ist es eine ungünstige Art der Finanzierung. Aber ich sagte mir: ‚Zwischendurch kommt mal wieder eine Sonderzahlung!‘ Und dann ist alles ausgeglichen.“ Klaus bemerkte bei Rolf Erleichterung.

„Na, wenn das so ist … Meine Frau und ich, wir dachten schon, du hast Geldsorgen, weil Alkohol im Spiel ist. Oder Drogen? Wir fragten uns auch, ob du vielleicht erpresst wirst? Aber von wem und warum?“

„Das ist aber lieb von euch! Solche Sorgen habt ihr euch um mich gemacht?“

„Naja, erst meidest du uns jahrelang, dann tauchst du plötzlich auf, pumpst uns an, erzählst was von Zinsen und dann zahlst du nicht zurück. Da kann man doch mal an so etwas denken“, meinte Rolf. „Und jetzt hast du so eine Sonderzahlung bekommen, ja?“

„Ja, ja“, druckste Klaus rum und dachte: ‚Ich muss unbedingt Mitleid erwecken, sonst wird das nichts’, und dann sagte er: „Da ist noch was … “

„Na, was denn nun noch?“, wollte Rolf wissen.

„Ich habe Schwierigkeiten, weil ich mir bei mehreren Leuten Geld geliehen hatte. Und alle standen, immer schön zeitversetzt, auf der Matte."

Rolf überlegte: „Und da hast du immer *den* zuerst bedient, der am lautesten rief?"

„Ja, so war das. – Ich hatte zwischendurch das Geld, als wir uns mal wieder verabredet hatten. Doch wenn ich dann erst einen anderen auszahlen musste … Du tatest mir echt leid, wirklich."

Klaus beobachtete Rolf.

„Kann ich dir irgendwie helfen, Klaus?"

„Nein, nein. Ich krieg das schon hin. Und im nächsten Monat ist Auszahltermin von unserem Festgeld." Wie zufällig hatte Klaus den Beleg der Bank neben sich auf dem Sofa liegen. 100.000 Euro fest angelegt. Er zeigte Rolf das Schreiben, hielt es aber so geschickt fest, dass das Datum der Auszahlung nicht zu sehen war. „Du siehst, es gab auch mal bei uns bessere Zeiten."

„Das beruhigt mich. – Jetzt kann ich mal ehrlich sein", begann Rolf: „Monika und ich, wir dachten schon, ihr habt euch so was von übernommen, dass ihr wieder in eine Mietwohnung ziehen müsst."

„Nein, nein. Es läuft mit meinen Finanzen; nur etwas chaotisch?"

„Trotzdem ein Rat von mir: Selbst wenn alles wieder ausgeglichen ist, schieb fünf oder sechs Sparmonate ein. Und wenn wir helfen können, sag uns Bescheid", meinte Rolf ehrlich.

Uff, jetzt hatte es Klaus fast geschafft. Er brauchte immer Geld zum Stopfen irgendwelcher Löcher.

„Kann ich wirklich ehrlich sein?", fragte Klaus.

„Na klar, raus mit der Sprache!"

Klaus war hin und her gerissen. Er hatte Rolf am Haken; er musste ihn provozieren: „Ach, lass mal", Klaus winkte ab. „Ich glaube, das ist eine Nummer zu groß für dich. Das ist eine andere Liga!"

Rolf blieb ganz ruhig.

Klaus fuhr fort: „In drei Tagen muss ich jemandem 9.000 Euro zurückzahlen; er droht bereits mit einem Anwalt. – Wenn ich deine 3.000 erstmal behalten könnte … und du mir noch mal 6.000 Euro rüberreichst, kurzfristig, für drei Wochen? Dann wäre ich gerettet."

„Mensch Klaus, du machst Sachen … und du meinst…? Wirklich nur kurzfristig?" Seine Gedanken kreisten: alte Freunde ja; eine andere Liga? – Was bildet der sich ein?! Meint der: wir haben nicht das Geld? – Aber soll ich ihm gutes Geld nachwerfen?

Rolf holte sein Handy aus der Tasche und rief Monika an: „Du, Monika, überweise bitte gleich nach diesem Telefonat 6.000 Euro an Klaus. – Wie? Du verstehst das nicht? – Mach schon, bitte. Ich erkläre es dir, wenn ich wieder daheim bin."

Hier könnte man diskutieren, warum Rolf noch einmal Geld nachschiebt.

Deutlich wird gezeigt, dass Klaus ein ausschweifendes Leben führt, oft über seinen Verhältnissen lebt, aber in dieser Welt gern agiert. Seine gesellschaftliche Anerkennung und seine Sprachgewandtheit beeindrucken Rolf. Rolf dagegen führt einen ausgeglichenen Haushalt, lebt seinen Verhältnissen entsprechend, schießt aber 6.000 Euro nach, weil er auch dazugehören möchte. Das wurde von Klaus raffiniert provoziert.

Der neue Freund

Erik Klein ging im Dezember 2015 nicht zur Weihnachtsfeier seines Sportvereins. Ein Jahr zuvor war es ihm dort zu laut gewesen. Auch den Ablauf kannte er: Kurze Ansprache der Vereinsleitung, Begrüßung neuer Mitglieder, Nennung säumiger Beitragszahler, dann das Essen und Trinken bei lauter Musik vom CD-Spieler. Sich unterhalten war nicht möglich. Es war so laut wie in der Turnhalle. Aber dort war es wenigstens Wettkampfgeschrei.

Noch am selben Abend bekam Erik Klein eine SMS: *Ab sofort nix Sport. Halle beschlagnahmt.*
Er dachte sich: „Jede Veränderung bringt auch etwas Gutes." Er sah es bloß noch nicht. Zum Glück hatte er zusätzlich im

Andachtsraum der Gemeinde einmal wöchentlich Sport für ältere Herren, *Fit bis hundert.* So blieb ihm wenigstens etwas. Aber zweimal Tischtennis pro Woche war nur schwer zu ersetzen. Und statt Vereinssport ins Fitness-Studio? Das war keine Option für ihn. Betrübt sah er in die Zukunft.

‚Das Grundstück müsste es sein. Gegenüber ein Rollladengeschäft. Nebenan ein Friseur. Den Namen weiß ich nicht. Im Verein kannten wir uns maximal mit Vornamen. Selbst den hab' ich mir nicht gemerkt. Egal', dachte sich Erik Klein und klingelte bei Haberland.

Lange geschah nichts. Vielleicht wurde er mit einem Blick durch eines der Fenster des Einfamilienhauses gecheckt. Er klingelte noch einmal. Jetzt eine Bewegung hinter dem linken oberen Fenster. Es wurde geöffnet und gerufen: „Einen Moment, bitte."

‚Hm, ein Mann', dachte sich Erik Klein. Er trat von einem Bein auf das andere und wartete. Als Herr Haberland am Grundstückstor war, begann Erik: „Ähm, kann es sein, dass Ihre Frau im Tischtennisverein ist? Ich meine: spielt? Ich bin der Erik. Sie

hat mich bestimmt noch nicht erwähnt …
Auf jeden Fall wollte ich nur ausrichten,
dass es in nächster Zeit nicht mehr möglich
ist, dort zu spielen … Und sie soll sich nicht
umsonst auf den Weg machen. Am Dienstag, meine ich."

„Ja. Gut. Richte ich ihr aus", sagte Herr
Haberland. „Aber sie weiß es schon. Sie war
auf der Weihnachtsfeier."

„Ach ja, hm", stammelte Erik Klein. Er zog
die Schultern hoch und fragte: „Ja, was
macht man denn nun? Sport soll ja nicht
schlecht sein. Für die Gesundheit und so.
Hab' mich ganz wohl dabei gefühlt. Es hieß
früher mal: Jeder Mann an jedem Ort dreimal in der Woche Sport … Aber das ist lange her. Und anscheinend auch vorbei. – Wie
machen Sie das eigentlich? Ich meine, wenn
ich Sie mir so anschaue: Kein Gramm zu
viel. Und das, obwohl Sie bestimmt fünfzehn Jahre älter sind als ich."

„Danke, danke Erik. Ich heiße übrigens
Herbert. Unter Sportsfreunden duzt man
sich ja. – Kein Gramm zu viel. Das wäre
schön. Ich esse gern und viel. Mit Rudern
halte ich so mein Gewicht. Über 40 Jahre
war ich Ruderer. Bin immer nach Grünau

gefahren und habe im Verein gerudert. Bei jedem Wetter. Und im Winter Waldlauf, Boote streichen, aufräumen. Später hatten wir endlich ein Rudergerät. So für drinnen. Im Sportgeschäft standen gleich mehrere. Das *Concept 2* kommt dem tatsächlichen Rudern am nächsten. Das Geräusch, der Rollsitz und die Verarbeitung sind dem Preis entsprechend gut. – Aber seit zwei Jahren fahr ich nicht mehr dort hin."

„Ah ja. Und trotzdem so gut gehalten?", fragte Erik Klein und scannte sein Gegenüber nochmals.

„Weißt du, ich habe ja weiter gerudert. Ich kann doch nicht mit 77 aufhören. – Zusammen mit meinem Nachbarn haben wir uns ein Rudergerät gekauft und es steht aus Platzgründen bei ihm im Gartenhaus. Ich kann dir das Gerät gern mal vorführen. Aber nicht gleich. Der Nachbar ist da und hat das nicht so gern. Doch morgen fährt er zu seiner Schwiegermutter. Wenn er fort ist, kann ich dich anrufen."

„Ja, gern. Und beste Grüße an deine Frau", sagte Erik Klein und dachte sich: ‚Auf Anhieb gefällt mir der Herbert. Wird vielleicht ein neuer Freund?'

„Evelyn heißt sie übrigens", erwiderte Herbert mit einem Zwinkern.

Als Erik Klein am nächsten Tag mit Evelyn und Herbert zusammentraf und die Vorführung des Sportgerätes begann, war Herbert so euphorisch, dass Erik Klein dachte, er befände sich in einem Verkaufsgespräch. Er durfte sich auf das Gerät setzen und rudern. Dazu die schwärmerischen Ausführungen: Beim Rudern würden alle Muskeln beansprucht, der Kreislauf käme in Schwung und die Verbrennung würde im Körper gesteigert werden. Ein ideales Gerät für das eigene Wohlbefinden. Was will man mehr? Er selbst, Herbert, nutze das Gerät zweimal pro Woche. Aber dann exzessiv. Zwanzig Kilometer in zwei Stunden.
‚Das wäre es', dachte sich Erik Klein. ‚Unabhängig sein von Vereinen, Nachbarn und was weiß ich. Aber man müsste für das Gerät den Platz erst einmal haben.'

Es war kein Schnellschuss. Wohl überlegt und mehrfach gemessen könnte das Gerät nicht nur auf dem Dachboden, sondern sogar *in* der Dachwohnung, direkt unter der

Schräge mit ihren zwei kleinen Fenstern, seinen Platz finden. Ob vor oder nach der Arbeit, an freien Tagen und bei jedem Wetter könnte er immer mal ein paar Ruderschläge absolvieren, die Muskeln betätigen, sich wohlfühlen. Auch der wegfallende Weg zum Verein sprach für die Anschaffung des Gerätes.

Nachdem das Rudergerät geliefert wurde, ließ sich Erik Klein von Herbert einweisen. Dieser war sehr begeistert. Handelte es sich bereits um eine erweiterte Computergeneration. Die Trainingsergebnisse mussten nicht mehr in eine Exceltabelle eingetragen werden. Der kleine *PM 5* Computer erfasste alle Trainingseinheiten wie Tag, Uhrzeit, verbrauchte Kalorien, Anschläge pro Minute, zurückgelegte Kilometer.

Nach etwa drei Monaten, war die neue Freundschaft fast eingeschlafen. Nur noch wenige E-Mails wurden über zurückgelegte Kilometer ausgetauscht. Einen Grund, sich zu besuchen, gab es nicht mehr. Jeder lebte wieder für sich. Und aus dem neuen Freund wurde bald ein fremder Freund.

Bald konnte die Turnhalle für den Vereinssport wieder genutzt werden. Sie war zu klein für die andere Bestimmung.

„Mensch Erik", meldete sich Herbert nach einem halben Jahr telefonisch. „Stell Dir mal vor, mein Nachbar und ich, wir haben uns derart überworfen, dass wir kein Wort mehr miteinander reden. Und was das Rudern angeht, hat er mir verboten, noch einmal sein Grundstück zu betreten. Ausbezahlt hat er mich, so fair war er schon. – Aber jetzt steh' ich da, wie du damals bei uns am Gartentor."

„Oh, das tut mir aber leid für dich. Wenn du willst, kannst du gern bei mir trainieren. Wenn es dir nicht unangenehm ist?"

„Mensch, das würdest du machen? Und auch gleich heute?", fragte Herbert fast ungläubig. „Das wäre ja prima. Ich habe schon über zwei Monate nicht mehr trainieren können. Hab' mich bloß nicht getraut, anzurufen."

„Schon gut. Komm einfach rum. Ich lass dich rein, muss dann aber noch mal los. Und wenn du gehst, ziehst du einfach die Tür hinter dir zu."

„Jedes Schlechte hat auch etwas Gutes", freute sich Herbert. „Und wenn ich erstmal richtig loslege, verbessert sich auch deine Computerbilanz. Dein Maschinchen wird staunen, wie viele Kilometer heute hinzukommen werden. Ich werde einen Rekord aufstellen!"

Als Erik Klein spätabends zurückkehrte, fand er seinen neuen Freund zusammengebrochen über dem Rudergerät liegend vor. Der herbeigerufene Notarzt stellte den Tod durch Herzversagen fest. Die Todeszeit war vom Computer genauestens protokolliert worden.

Überraschend der Tod?
Man bedenke: Herbert Haberland hatte nach längerer Trainingspause aus dem Stand eine Höchstleistung auf dem Rudergerät hingelegt. Das kann einen schon mal überfordern.

Gibt es ein perfektes Verbrechen? – Natürlich nicht! So muss wenigstens die offizielle Antwort lauten. Aber manchmal gibt es daran Zweifel. Starke Zweifel.

Der Ausritt

„Endlich Urlaub", sagte Kommissar Meier. Er hielt seine Frau im Arm, und beide sahen vom Balkon über den großen Bauernhof ins Tal. Aus den Ställen quiekte und grunzte es. Alle waren miteinander zufrieden. Diese heile Welt in Österreich ließ sie Berlin vergessen.

„Hier werden wir uns ausruhen können, hier kennt uns keiner! – Oder, hast du schon einen Bekannten getroffen?", fragte er seine Frau.

„Nein. Wir werden unsere Ruhe haben, der Bauernhof hat nur drei Gästezimmer."

Das Frühstück war reichhaltig. Im Radio lief gerade Musik, als sich die Chefin des Hauses zu ihnen setzte: „Sie werden sich bei uns wohlfühlen. Sie können wandern ohne Ende, unsere Elektrofahrräder nutzen, und sie können ausreiten mit unseren zwei Pferden, die sogar an Kinder gewöhnt sind. Kurze Unterweisung versteht sich. Nur heute geht es nicht. Vater und Sohn aus Zimmer 3 sind mit den Pferden unterwegs …"

„Das ist alles vielversprechend. Wir beginnen mit einem Spaziergang, große Runde. Haben Sie vielleicht eine Empfehlung?", fragte Frau Meier.

Die Wirtin holte eine Wanderkarte: „Aber ja."

Sie zeigte mit dem Finger den Weg: „Erst diese Anhöhe hinauf, den Ausblick genießen, dann durchs Wäldchen, noch mal hoch zur Quelle. Das Wasser soll sogar Heilwirkung haben. Dann über eine Koppel mit kleinem Wassergraben. Da kommen sie rüber. Schließlich *so* zurück durch den Ort. Unterwegs können sie gerne eine Pause einlegen; aber gegessen wird abends zu Hause!", fügte sie mit einem Lächeln an.

„Ja, ja, das kennen wir. Sonst heißt es: Was? Sie haben woanders gegessen? Dann gibt es bei mir gar nichts mehr, auch keinen Wein, nur noch: Ab, in Bett!", sagten die Meiers. Irgendwie fand die Wirtin die Antwort gut. Sie hatten sich verstanden.

‚Wären nicht die Höhenunterschiede, wäre das Wandern viel leichter. Aber so ist es nun mal in den Bergen', dachte sich Kommissar Meier. Sie hatten die Quelle gefunden, ihre Trinkflaschen gefüllt und entspannten jetzt auf einer Bank am Waldesrand. „Bildet man es sich nur ein, oder schmeckt das Wasser wirklich besser als jedes gekaufte?", fragte er. „Schade, dass man nicht eine große Menge davon mit nach Berlin nehmen kann." Berlin. Seine Gedanken waren schon wieder zu Hause bei den ungelösten Fällen, bei seinem Vermieter, der für das Reihenhaus erneut mehr Geld haben wollte. — ‚Abschalten!', sagte sich Kommissar Meier. ‚Es gibt keine ungelösten Fälle; jedenfalls nicht hier.' — Er ließ seinen Blick über die Hügelketten gleiten und entdeckte zwei Reiter. Im Wald waren bereits die frischen Pferdespuren zu sehen gewesen und er ärgerte sich darüber. Eine strikte Trennung von Wander- und Reitwegen fände er besser.

„Siehst du auch die beiden Reiter?", fragte Marianne.

„Ja, eigentlich müsste man zu ihnen hin und sagen, sie sollten ...", meinte er.

„Lass mal! Du hast Urlaub! – Was machen denn die Pferde da? Schau doch nur!"

Es war nicht genau zu sehen, was da passierte. Erstmal sind Pferde in natura immer langsamer als im Film; aber diese beiden sahen auch noch unbeholfen aus. Ungelenk. Es sah aus, als würde das eine dem anderen vor die Füße laufen, es stoppen. Aber warum? Das machte doch keinen Sinn. Stand jetzt das zweite? Und wo waren die Reiter?

„Was meinst du, sollen wir hinlaufen?", fragte Marianne.

„Ich habe Urlaub, hast du gesagt. – Und weißt du, wie weit die weg sind?"

„Ist schwer zu schätzen."

„Sieh nur, jetzt sitzt ein Reiter wieder auf."

„Einer? Oder beide?"

„Kann ich nicht genau sehen. – Unsere Wirtin sagte doch, wir könnten uns auch mal

die Pferde leihen. Hast du morgen Lust?",
fragte er.

„Lass mal, ich bin mein ganzes Leben noch
nicht geritten; und da werde ich es *im hohen
Alter* auch nicht mehr machen."

„Marianne, du bist viel jünger als ich!"
Kommissar Meier sah noch immer zu den
Pferden; die Sache gefiel ihm nicht, trotz-
dem wollte er weiter. Sie hatten erst die
Hälfte des Weges hinter sich.

Auf dem Bauernhof gab es am Abendbrots-
tisch große Aufregung. Der Gast aus dem
Zimmer 3 berichtete für alle gut hörbar,
dass er das alles noch immer nicht verstehen
könne, dabei hatte sein Vater Tiere so sehr
geliebt. Er sei glücklich gewesen, hier auf
dem Bauernhof, hatte die Kaninchen gefüt-
tert und die Pferde gestreichelt. Dass sein
Wunsch, auch mal auszureiten, so enden
würde, das habe ja keiner ahnen können.
„Obwohl da nichts war, kein Stein oder ein
Loch, habe das Pferd plötzlich gestoppt",
berichtete der Gast. „Mein Vater ist vorn-
über gestürzt. Er war sofort tot. Genick-
bruch. Der Notarzt konnte ihn auch nicht
mehr retten."

„Sie sind mit Ihrem Vater ausgeritten, sagten Sie?", schaltete sich Kommissar Meier ein, nun doch interessiert.

„Entschuldigen Sie, den anderen hier habe ich das alles schon erzählt. – Sie sind wohl erst angereist?"

„Ja, Meier unser Name, aus Berlin", er zeigte auf seine Frau und sich. „Wir machen hier Urlaub. Im Berufsleben bin ich …"

„Lenz", unterbrach ihn der andere. „Lenz aus dem Eichsfeld. – Ja, ich bin mit meinem Vater hier … war. Zu Hause hatten meine Frau und ich meinen Vater ständig um uns. Für eine Woche wollte ich mal meine Frau entlasten … Mein Vater war ja nicht gebrechlich, er hatte keine Schmerzen. Er war nur alt und sein Gedächtnis wollte einfach nicht mehr. Vor sechs Jahren begann es. Vielleicht hatte er in seinem Berufsleben zu viel gedacht? Jetzt machte er viel Blödsinn. Eigentlich nur noch. Wir mussten immer auf ihn aufpassen. – Gerade überlegten wir, ob ein Heim nicht besser für ihn wäre."

„Oh, das tut mir aber alles leid für Sie, und auch das plötzliche Ableben ihres Herrn Vaters am heutigen Tage."

„Danke für ihr Mitgefühl", sagte Lenz. Er erklärte, dass sich sein Vater den Tod wünschte für den Fall, sollte er jemals den Verstand verlieren. Und dass sie schon einen Arzt gefunden hätten, der ihm beim Sterben helfen würde. Da es ihm aber sonst *gut* ging, hatten sie ihm den Wunsch bisher nicht erfüllt. – Aber heute wurde er gerufen.

„So ein plötzliches Ende ruft immer wieder Fragen auf. Geht es Ihnen nicht auch so?", fragte Frau Meier.

„Ja", sagte Herr Lenz zögerlich. „Aber eigentlich sind alle Fragen beantwortet. Es war ein tragischer Reitunfall", sagte er mit belegter Stimme. „Ich werde wohl nie wieder hierherkommen."

„Jaja, ein tragischer Unfall", wiederholte nun Kommissar Meier. Er ahnte, dass es vielleicht ganz anders war. Aber wie sollte er das beweisen?

Daniels Puppe

„Wo waren Sie in der Nacht von Freitag auf Samstag zwischen 23.30 Uhr und 0.45 Uhr? – Aha, mit dem Auto unterwegs. Haben Sie irgendwo gehalten, vielleicht getankt? Hat Sie jemand gesehen?

Oder wurden Sie geblitzt? – Nein? Dann sieht das schlecht für Sie aus. Ich könnte auch sagen: Sie haben kein Alibi."

So oder ähnlich hatte es Daniel Neubert schon oft in Kriminalfilmen gehört. An einem Alibi hängt so viel: Die Glaubwürdigkeit, der Führerschein, die Strafe, der Job, die Existenz.

Jegliche Gefahr abwenden. Von sich und der Familie. Vorausschauend denken und handeln, sich nicht erst rechtfertigen müssen. Aber wie sollte er es machen? – Diese Gedanken kreisten ständig in Daniels Kopf, wenn er nachts einmal quer durch Berlin fuhr. Am Tage war die Stadt erträglich, man hielt sich an die allgemeinen Regeln. Doch wenn es Nacht wurde, war es eine andere Stadt. Die Leute mit den Angeber-Autos fuhren aggressiver. Rot war nur noch eine andersfarbige Beleuchtung der Kreuzung.

Als Daniel am Wochenende zu seiner Oma aufs Land fuhr, parkte er seinen alten *VW-Bus* wieder direkt vor dem Grundstück, klingelte kurz und öffnete mit dem ihm anvertrauten Schlüssel das kleine Häuschen. Gut gelaunt rief er in der Diele ihren Namen, aber es kam keine Antwort. Vorsichtig betrat er das einzige Zimmer. Dort saß seine Oma in ihrem Sessel und schaute viel zu laut fern. Erfreut über den Besuch schaltete sie den Fernseher stumm und sah sich die mitgebrachten Einkäufe an. Neuigkeiten hatte Oma Margot diesmal nicht; es war einfach nichts geschehen in ihrer Straße.

Daniel stand vor dem großen Schrank, als er *sie* wiedersah. Hinter den wenigen Büchern, etwas eingeklemmt und verstaubt, saß sie, seine Puppe. Er holte sie vor, blies den Staub ab, schüttelte und klopfte sie, fuhr ihr durchs Haar, rückte die Kleidung zurecht, setzte ihren Hut gerade und sagte zur Oma: „Dass du *die* noch immer hast?"

„Sie hat überlebt", antwortete sie lächelnd. „Obwohl ich schon viel weggeworfen habe. Aber ihr Blick gefällt mir und überhaupt. Weißt du noch, wie du immer mit ihr rumgezogen bist, wenn du hier warst? Sie war deine ständige Begleiterin. – Willst du sie jetzt haben?"

„Nein, nein. Wir lassen sie hier. – Aber sie bringt mich auf eine Idee."

Auf der Heimfahrt machte er diesmal keine Musik laut an; vielmehr spann er seine Gedanken weiter: „Ja, das ist echt pfiffig", sagte er sich. Damit könnte er es allen beweisen. Keiner könnte ihm etwas anhaben, unterstellen, behaupten oder ihn schuldlos belasten, wie es seinem Kollegen neulich passierte. Und wenn er eines Tages seinen Trick preisgeben müsste, würden alle staunen und seine Idee bewundern. Nur die Ausführung bedurfte noch ein klein wenig der Vorbereitung.

Nachdem er die drei Dinge zusammen hatte, fuhr er auf einem großen Parkplatz ans äußerste Ende und probierte alles aus. Den kleinen Kompressor gab es bei *Westfalia*. Knatternd ratterte er tatsächlich los, als er Strom aus dem Zigaretten-Anzünder bekam. Gleich beim ersten Mal stoppte Daniel die Zeit, die er einplanen müsste, bis die Puppe aufgeblasen war. Sie zu besorgen, war ihm nicht so angenehm gewesen, gehörte aber zu seinem Plan. Beim Kauf in einem einschlägigen Geschäft bezahlte er in bar, um seine persönlichen Daten nicht unnötig preisgeben zu müssen. Der Kompressor tat seine Arbeit, und die Puppe nahm schnell Lebensgröße an. Bald merkte Daniel, dass er sie nicht zu prall aufblasen durfte, denn sie musste sich noch knicken lassen, damit er sie auf dem Beifahrersitz platzieren und auch anschnallen konnte. Nun rückte er ihr die Perücke zurecht, verließ den Wagen, und sah sich sein Werk von draußen an. Sein Urteil: Bei flüchtigem Hinsehen war alles okay, selbst am Tage. Die Puppe würde bei seinen Nachtfahrten ihren Zweck erfüllen.

Daniel stoppte noch die Zeit, bis die Luft wieder raus war, er die Puppe zusammengefaltet und gemeinsam mit dem Kompressor unter dem Beifahrersitz verstaut hatte. Wie gedacht so geprobt. Jetzt fehlte nur noch der Praxistest.

An jenem Tag ging sein Dienst unaufgeregt zu Ende. Daniel verschloss das Büro und meldete sich beim Pförtner ab. Im Parkhaus des Betriebes war er zu dieser Zeit allein. Er startete erst den Motor, dann den Kompressor. Auf dem Beifahrersitz baute sich seine Begleiterin auf. Er legte ihr den Gurt an und strich ihr durch Haar. Die Perücke saß perfekt. Er fragte die Puppe, ob es losgehen könne? Da sie nicht antwortete, legte er den Gang ein und fuhr los. Entspannt ging die Fahrt einmal quer durch das nächtliche Berlin. Am Alex lungerten sie wieder herum. Gern hätte er ihnen den Mittelfinger gezeigt; aber das war nicht sein Stil. Es war genau die Stelle, die seinem Kollegen zum Verhängnis geworden war. Jener hatte gehalten und sich erkundigt, ob er helfen könne. Zwei PKW standen da mit leichten Blechschäden, die Fahrer schienen unverletzt. Beim zweispurigen Abbiegen mussten sie sich berührt haben. Beide lehnten Hilfe dankend ab, und sein Kollege fuhr weiter. Als er zu Hause ankam, stand schon die Po-

lizei vor der Tür, und er hatte eine Anzeige
am Hals, denn die beiden Verunfallten hatten das Kennzeichen des Kollegen an die
Polizei gemeldet und behauptet, er habe sie
beim Abbiegen bedrängt, so den Unfall verursacht, und anschließend Fahrerflucht be-
gangen. Zwei gegen einen. Der Rechtsstreit
dauerte lange.

So etwas würde ihm, Daniel, nun nicht
mehr passieren. Er fuhr mit seiner neuen
Begleiterin lächelnd durch die Stadt. Die
weiteren Abläufe waren noch nicht eingespielt, ihm aber völlig klar: Luft ablassen,
Puppe und Kompressor verstauen.

Irgendwie ging die Fahrt heute schneller zu
Ende. Er war schon fast zu Hause, hatte
aber seiner Begleiterin noch nicht die Luft
genommen, als völlig unerwartet aus der
Haustür des Wohnblocks seine Nachbarin
mit ihrem Hund trat. Jetzt konnte Daniel
nicht halten, er musste weiterfahren, in der
Hoffnung, dass sie ihn nicht erkannt hatte.
‚Was musste die Nachbarin auch zu dieser
Zeit eine Gassi-Runde drehen?‘, dachte er
sich noch.

Daniel Neubert schlief nicht gut. Er hatte zwar seine Nachtfahrten, dank der neuen Begleiterin, optimiert. Aber die Abläufe waren noch nicht eingespielt, und seiner Frau musste er von seinem genialen Einfall auch noch berichten.

Gleich am nächsten Morgen wollte er sie auf den neuesten Stand bringen.

Sie frühstückten gerade, als es an der Wohnungstür klingelte. „Du oder ich?", fragte sie und entschied: „Ich geh' schon."

An der Tür stand die Nachbarin, die ihre Beobachtungen der Nacht kundtat. Daniel hörte nur einzelne Wortfetzen wie „hält nicht an", „hab ihn erkannt", „fährt mit 'ner Blondine nachts durch die Gegend", „hätte ich nicht gedacht", „aber man täuscht sich immer wieder" usw.

„Mist", dachte sich Daniel. Dann hörte er seine Frau auch schon rufen: „D-aaaaa-n-i-e-l, komm doch mal."

Das parkende Auto II

Fortsetzung von Seite 52

07. Dezember

„Jetzt geht das schon über eine Woche so. Ein Kerl im parkenden Auto", meinte Herbert.

Gudrun fragte: „Du hast dich immer noch nicht an den neuen Zustand gewöhnt?"

„Wie sollte ich mich daran gewöhnen? Erst ein *Golf*, jetzt ein *Opel*. Es geht eine schlechte Energie von der ganzen Sache aus. Eine Bedrohung. Die *planen* doch etwas! Und ich weiß nicht was."

„*Das* ist es! Würdest du es wissen, wärst du ruhiger?"

„Ja klar. Aber wie kann ich beruhigt sein, wenn nachts ständig jemand in einem Auto sitzt, vor unserer Tür?"

„Vergiss nicht: Mit Blick nach drüben, nicht wahr?"

„Ja, ja. Ich weiß", sagte Herbert.

„Vielleicht beobachten sie jemanden? Über den Geschäften sind neun Wohnungen. Man kennt die alle gar nicht mehr", sagte Gudrun.

„Ja, meinst du, die beobachten 'ne Wohnung? Aber *wen* denn da? Und warum?"

„Was weiß denn ich?"

„Können die nicht an die Tür treten, klingeln und ihre Fragen stellen? – Was sitzen die im Auto rum?"

„Wenn dir das nicht gefällt – oder wenn du meinst, die bereiten etwas vor, dann ruf die Polizei an."

„Sei doch nicht gleich so hart."

„Ruf an!"

„Warte mal. Noch ein paar Tage beobachte ich sie. Vielleicht hört ja der Spuk von alleine wieder auf. Und wenn nicht, gibt es eine Langzeitbeobachtung von mir. – Aber wohl ist mir bei der ganzen Sache nicht."

Fortsetzung Seite 132

Der Schornsteinfeger

„Sie sind ja pünktlich", sagte Hannes Hartmann zum Schornsteinfeger noch am Gartentor. „Kommen Sie doch erst mal rein. Wir
setzen uns auf die Terrasse. Der Schirm ist
aufgespannt; selbst wenn der Regen beginnt,
sind wir geschützt. Und den Auflieger nehme
ich weg. Ihr Schwarz ... na, Sie kennen das,
oder?" Hartmann wusste, dass der Schornsteinfeger gern erzählte, und warum auch
nicht?
„Wissen Sie, Herr Hartmann, Sie sind der
Einzige, der mir einen Platz anbietet. Viele
grüßen mich auf der Straße, manche wollen
mich auch anfassen. Soll ja Glück bringen;
aber, dass ich mich bei ihnen setzen darf, das
bietet mir keiner an."
„Warum sollten Sie sich nicht setzen? Kann
man doch alles wieder abwischen!"

„Ja, klar, aber vor dem Feinstaub haben viele Angst. Ruß setzen viele mit Krebs gleich. Ich werde oft gefragt, ob das eine anerkannte Berufskrankheit ist?"

„Welche? Schornsteinfeger sein?"

„Hodenkrebs."

Ohne darauf einzugehen sagte Hannes Hartmann: „Der Kaffee ist noch warm. Und einen Whiskey dazu? Feiner alter Irischer Whiskey? Ein Gläschen gefällig?"

„Da sag ich nicht nein, obwohl die Leiter bereits steht und ich heute fertig werden wollte. – Nein. Heute steige ich nicht mehr aufs Dach."

„Ist es nun eine anerkannte Berufskrankheit?"

„Es kommt häufig vor. Aber das weiß man schon, wenn man sich für den Beruf entscheidet." Der Schornsteinfeger wechselte die Sitzposition auf dem harten Gartenstuhl: „Aber heute lass ich es mir gut gehen. Wissen Sie, ich kehre gern an einem Tag bei möglichst vielen Leuten. Anschließend dreht sich bei mir die Waschmaschine und ich dusche ausgiebig." Er hob sein Glas, hielt es gegen den Himmel und trank den Whiskey genüsslich.

„Wenn Sie heute nicht aufs Dach gehen, klappt es vielleicht zum nächsten Mal. Der Dachdecker war hier. Er will die eine Stelle ausbessern und die Trittsteine enger setzen."

„Das haben Sie wirklich angeschoben?"

„Warum denn nicht? – Sie liegen mir doch seit Jahren damit in den Ohren und ich will nicht, dass noch etwas passiert", meinte Hannes Hartmann.

„Aber Sie bräuchten es nicht, so lange ich das Dach nicht sperren lasse."

„Ich wollte ihnen entgegenkommen. Wer ist eigentlich verantwortlich, wenn etwas passiert?"

„Sie sind fein raus. Das ist einzig meine Sache. Und im Schadensfall habe ich eine Berufsgenossenschaft. Die regelt alles. Man sagt auch dazu: Es wäre ein *BG–Fall*."

„Gut. Das beruhigt mich. Ich will es ja machen lassen, aber der Dachdecker hat wohl so viel zu tun." Hannes Hartmann goss nach: „Dann stoßen wir jetzt auf Ihren Feierabend an. Prost."

„Auf den Feierabend! Heute geh ich nicht mehr aufs Dach. – Warum kann das nicht jeden Tag so sein? Ich meine, warum kann ich nicht wie Sie jeden Tag Sonntag haben?"

„Weil Sie zu jung sind für 20–40–40."

„Was ist denn das? 20–40–40? Sind das die Gewinnzahlen?"

„Im weitesten Sinne ja."

„Na, nun aber mal wirklich …"

„Die Zahlen stimmen nicht ganz, alles geschätzt und gerundet. Klingt doch aber gut: 20–40–40."

„Naja, und was bedeuten sie nun?"

„Ganz einfach: 20 Jahre Ausbildung, 40 Jahre arbeiten, 40 Jahre Ruhestand."

„Ruhestand? Das wäre mir zu ruhig. Da kommt man ja gar nicht mehr rum! – Was ich mir heute für Geschichten angehört habe! – Sagenhaft. Mit dem Anderen mitfühlen, Trost aussprechen. – Da war doch dieser Selbstmord hier in der Straße. Vor drei Wochen. Also, ich kann Ihnen vielleicht sagen …", der Schornsteinfeger unterbrach sich, hielt die Hand vor den Mund und meinte: „… mach ich aber nicht. Die Verschwiegenheit zeichnet mich aus. Würde ich alles rumerzählen, würde mir keiner mehr etwas anvertrauen."

„Aber *so* sind Sie ein gefragter Mann."

„Ja, das sehe ich auch so."

„Und Frauen?"

„Nee. Mein Schwarz ist zu verräterisch. – Eigentlich bin ich ein zufriedener Mensch, wäre nicht meine Frau von mir gegangen …"

„Das tut mir aber leid. Woran ist sie denn gestorben?"

„Sie ist nicht gestorben. Sie hat mich vor zwei Jahren verlassen. Nun sorge ich allein für die beiden Söhne – ach, wenn Sie mich da vielleicht etwas unterstützen könnten? Ist ja bald wieder Weihnachten", bettelte der Schornsteinfeger ihn unvermittelt an.

Hannes Hartmann wies ihn erbost zurück: „Das lassen wir mal. So etwas mag ich nicht, dann trinken wir lieber noch einen." Er goss jedem nach und prostete dem Schornsteinfeger zu: „Auch wenn es für Sie schwer ist: Auf die Kinder!" Angenehm lief der Whiskey den Rachen hinunter, wärmte den Magen und gelangte schnell in die Blutbahn.

„Es ist wohl besser", meinte der Schornsteinfeger zum dritten Mal, „wenn ich heute nicht mehr aufs Dach steige; auch weil es jetzt regnet."

„Kein Problem. Wir machen einen neuen Termin", sagte Hannes Hartmann. Er brachte den Schornsteinfeger zum Gartentor und fragte besorgt: „Können Sie denn noch Autofahren? – Lassen Sie den Wagen über Nacht stehen!"

„Sind doch nur ein paar Seitenstraßen."

Sie standen vor dem Grundstück. Hannes Hartmann öffnete seinen Briefkasten: Er war leer.

Da meinte der Schornsteinfeger: „Ach ja, falls Sie Post von Mitbewerbern bekommen, ignorieren Sie die einfach. Ich bin und bleibe Ihr Schornsteinfeger, wenn Sie nichts dagegen haben."

Hartmann nickte bestätigend.

Irgendetwas musste sich der Schornsteinfeger überlegt haben, denn er eilte plötzlich zurück aufs Grundstück, zur Leiter, war mit einem Satz auf dem Dach, schwankte leicht, fand aber die Trittsteine im Vorwärtsgang geschickt wie eine Katze. Oben angekommen kehrte er den Schornstein in aller Ruhe, blickte in die Runde und war mit sich zufrieden. Dann ging er ganz vorsichtig auf den Trittsteinen rückwärts. Wäre der Abstand gleich und die größere Lücke nicht ausgerechnet am Rande des Daches, er hätte es geschafft. So aber kam er ins Straucheln, fand keinen Halt, rutschte den restlichen Meter übers Dach und

fiel aus vier Meter Höhe wie ein voller Ge-
treidesack auf die Terrasse. Er platzte zwar
nicht auf, aber das Knacken kam aus seinem
Kopfbereich.

Als Hannes Hartmann den Schornsteinfeger
so liegen sah, dachte er sich: „So sieht also ein
BG–Fall aus."

*Für die vorangegangene Geschichte wurde ich kriti-
siert. Für meine Figuren hätte ich die Verantwortung,
und ich hätte begründen müssen, warum der Schornsteinfeger doch aufs Dach stieg.*

*Das sehe ich anders. Zumal es angedeutet wurde: Er
wollte fertigwerden.*

*Ohne diese Wendung am Schluss würde die Geschich-
te nur so dahinplätschern.*

Payback

‚Fast eine Stunde zu früh‘, dachte sich Daniel Neubert. Er parkte seinen alten *VW-Bus* direkt vor dem Grundstück seiner Oma, klingelte kurz und schloss mit dem ihm anvertrauten Schlüssel das kleine Häuschen auf. Aber sie war nicht da. Er setzte sich wieder in sein Auto und dachte nach: ‚Irgendwann wird es soweit sein. Wie geht ein Leben eigentlich zu Ende? Geht Omi Margot in den Wald und verkriecht sich, wenn sie es rechtzeitig merkt? Oder schläft sie einfach im Sessel ein? Oder wacht sie eines Morgens nicht mehr auf? Werden die Nachbarn mich anrufen? Wird sie selbst anklingeln, kurz zuvor? Wenn es im Krankenhaus geschieht, wäre ja alles geregelt.‘ Er wischte sich über die Stirn und seine Gedanken damit fort. Aus dem Handschuhfach holte er einen Zettel und begann zu schreiben:

„Liebe Omi Margot, ich habe dich leider nicht angetroffen, das Bier habe ich in den Flur gestellt. Es ist diesmal eine etwas bessere Sorte und du kannst mit mir nicht schimpfen, weil ich nicht da bin. Auch schuldest du mir nichts dafür. Denk nur an die kleine Blautanne, die wir beim letzten Besuch aus deinem Garten ausgegraben haben! Du kannst das Bier gedanklich damit verrechnen. Wann gewöhnst du es dir endlich ab, alles bezahlen zu wollen? Stell dir mal vor, es gibt Menschen, die dir auch mal einen Gefallen tun wollen. Ohne eine Gegenleistung zu erwarten. Aber ich glaube, du willst immer Gleichstand haben. In keiner Schuld stehen. Wird man so im Alter? Du sagtest mal, ich solle dir Bescheid sagen, wenn du komisch wirst. Ich werde dich noch etwas beobachten. – Okay, das war ein Scherz …" Daniel sah auf die Straße. An ihrem unsicheren Gang erkannte er sofort seine Oma. Er legte den Zettel ins Handschuhfach und ging ihr entgegen, umarmte und drückte sie, sie hakte sich unter. Von oben sah er seine klein gewordene Oma an und scherzte: „Kommst wohl vom Dorf-tänzchen?"

Erst drinnen antwortete sie ernsthaft: „Ich war bei Friedchen im Pflegeheim."
„Das find ich toll. Obwohl es *dir* nicht mehr so gut geht, kümmerst du dich noch um andere. Wie geht es deiner Freundin?"
„Gar nicht gut. Ihre Sorgen machen ihr mehr zu schaffen als ihre Krankheiten. Aus dem Heim wird sie nicht mehr in ihr Häus-chen zurückkehren."
„Oh, oh, oh. Aber betreut wird sie. – Und was für Sorgen macht sie sich?", überlegte Daniel laut.
„Ihre Sorgen? Na die Betreuung! Und was damit zusammenhängt. Friedchen ist allein. Hat keine Angehörigen. Ihre Rente deckt nicht die Kosten, ihr Erspartes ist aufge-braucht. Das geht schon eine Weile so. Und jetzt haben die Behörden ihr Häuschen ver-kauft. 80.000 € hat die Zwangsversteigerung gebracht, mehr nicht …"
„Mann, Mann, Mann. Ich hätt' gedacht, es ist viel mehr wert."
„Ist es ja auch. War eben 'ne Zwangsver-steigerung."

Daniel sah seine Oma an: „Und woran denkst du?"

Sie dachte laut: „Ob ich mein Haus verkaufe? Jetzt? Dann bekomme ich mehr als bei einer Versteigerung. Und das Geld kann ich ausgeben. Oder auch nicht, dann ist mehr für meine Pflege da."

„Und, wo willst du hin, wenn du verkauft hast? In die Stadt, zu uns?"

„Nein. Ich will im Häuschen bleiben, mir ein lebenslanges Wohnrecht sichern."

„Das wird nicht leicht."

„Ich weiß."

„Aber nun mach dir mal das Leben nicht so schwer."

„Und da kommst du noch mit dem teuren Bier!", scherzte seine Oma.

„Du, das Bier war billiger als deines von *ALDI*."

„Geht ja gar nicht! Sechs Flaschen von Beck's kosten mit Pfand knapp unter 5 Euro. Und mein Bier kostet 1,65 € plus Pfand."

„Ja, wenn *du* einkaufen gehst. *Ich* habe sechs Flaschen Beck's für unter einen Euro bekommen. Glaub mir. Ich habe extra den Einkaufszettel behalten. Hier, schau nur."

„Tatsächlich", sagte seine Oma ungläubig.

„Das kam so", erzählte Daniel: „Ich mach mit bei *Payback*. Du bekommst für deine Einkäufe Punkte gutgeschrieben. Einfache Punkte. Die lohnen nicht. Aber wenn es Sonderpunkte gibt: 20fach beim Kauf eines bestimmten Artikels, 30fach oder 50 Sonderpunkte. Das lohnt sich. So kaufe ich gar nicht mehr ein, was ich brauche, sondern ich kaufe, was gut bepunktet wird. Sind es Taschentücher, dann eben Taschentücher, oder Wein, oder Kaffee. Irgendwann braucht man sowieso alles. Ist doch egal, *wann* ich es kaufe. – Bei deinem Bier war es ähnlich: Ich wollte dir schon immer mal ein etwas besseres Bier schenken. Und nun war da diese Aktion. Ich glaube 40fach. Auf dem Laufband hatte ich das Bier, ein Sechserpack, und noch ein paar Kleinigkeiten. Den Preis hatte ich überschlagen: Alles zusammen circa 9 Euro. Die sehr junge Kassiererin zog die Waren durch und sagte: ‚Macht zusammen 4,65 €.‘ – Ich schaute aufs Band, schaute auf die Schlange hinter mir. Ein Mann stand da mit Bierbauch. Der wusste, dass das nicht stimmen konnte. Noch weiter hinten in der Schlange eine

Bekannte. Und außerdem soll man ja nicht schwindeln. – Ich sagte also: ‚Das kann nicht stimmen. Alles zusammen kostet um die 9 Euro!' Und was antwortete die Kassiererin? *Meine* Summe stimmt! Ich habe alles gescannt.' – ‚Nun gut', sagte ich, sah zu dem Mann hinter mir, zog die Schultern hoch und zahlte nur 4,65 €. Für das Bier habe ich zwar keine Payback-Punkte bekommen, weil der Preis unter zwei Euro lag, habe aber fast 5 Euro gespart. Gezwungenermaßen."

„Kannst du nicht all meine Einkäufe erledigen? Mir passiert so etwas nie", sagte Oma Margot.

„Vielleicht solltest du auch Payback-Kunde werden?", fragte Daniel.

„Wirklich? – Komm sag schon, wie viele Punkte bekommst du für einen Neukunden?"

„Gar keine", versicherte Daniel. Er merkte, wie pfiffig seine Oma war. Und wie zum Beweis sagte sie: „Aber du hast doch weniger bezahlt, weil die Kassiererin einen Fehler gemacht hatte. Sie hatte nicht das Sechserpack gescannt, sondern eine einzelne Flasche. Und es hatte doch eigentlich nichts mit Payback zu tun."

„Richtig."

„Dann ist aber der Titel dieser Geschichte falsch. Statt „*Payback*" müsste sie „*Die Kassiererin*" heißen."

Dieser Schluss bricht alle Regeln, denn am Ende der Geschichte verlässt Oma Margot diese. Sie tritt heraus, betrachtet die Geschichte von außen und merkt: Hoppla, der Titel müsste ja ein anderer sein. Ein Spaß von mir. Warum eigentlich nicht? Es gibt sogar Filme, in denen die Darsteller aus der Leinwand heraustreten... Dann kann Oma Margot das auch.

Jetzt folgt eine ‚Auftragsproduktion‘. Ich nenne sie so, weil mir ein Bekannter zurief: ‚Ich fühle mich nicht mehr so, es geht mit mir zu Ende, schreib doch mal eine Geschichte über mich.‘

Die Geschichte sollte nicht zu direkt werden, sie kommt ohne die Begriffe ‚Wende‘ und ‚Mauerfall‘ aus. Auch ist die Biographie sehr allgemeingehalten. Die wenigen Fakten, die ich hatte, musste ich mit erfundenen anreichern.

Herausgekommen ist ‚Der Platzhirsch‘.

Der Platzhirsch
Eine Tiergeschichte

Rudi wurde als Alphatier geboren. Er fühlte sich stärker als andere. Kleinere Kabbeleien endeten bereits in jungen Jahren zu seinen Gunsten. Bald hatte er sich daran gewöhnt, immer zu siegen. Und als er noch größer und kräftiger geworden war, stellte er sich in der Brunftzeit seinem ersten ernstzuneh-

107

menden Gegner. Dabei hatte er sich eine Taktik ausgedacht: Er würde mit dem Geweih den Gegner niederdrücken, ihn so eine Zeit lang halten, und dann überraschend durch Drehung des Kopfes die Verhakelung lösen, um schließlich sein Geweih in den gegnerischen Körper rammen zu können. Diese Taktik ging auf, er beendete das Forkeln erfolgreich und bekam schließlich seine erste Herde. Nun war er der Platzhirsch mit allen Rechten und Pflichten. Nicht demokratisch gewählt, dann hätte er für vier Jahre Ruhe im Amt gehabt, nein, er hatte seine Position erkämpft und musste sich daher jedes Jahr erneut den Mitbewerbern stellen.

Die Jahre zogen ins Land, Rudi genoss seine Macht im Revier, bis eines Tages der Tierschutzzaun niedergerissen wurde, weil es die Menschen so beschlossen hatten. Auch das Wild sollte sich breiter aufstellen. Aber die neuen Wandermöglichkeiten nutzten nur wenige, manche von ihnen kamen dabei unter die Räder – und so wurden die Autofahrer im Radio immer wieder gewarnt: „Achtung, auf der A9 Richtung Nürnberg, in Höhe Betzenstein, liegt ein totes Tier auf der rechten Fahrbahn."

Die, die blieben, waren in der Mehrheit, aber sie blieben nicht mehr stumm. Ihre Kritik äußerten sie jetzt offen, sie zeigten auf Rudi, wünschten einen neuen Chef herbei. Ihr Gerede erleichterte sie, dem Platzhirsch aber jagten sie Furcht ein. Mit Gegenrede konnte er nicht umgehen, und so machte er sich auf, verließ seine Herde, und begab sich auf Wanderschaft. Er ging ins große freie Waldgebiet jenseits des ehemaligen Tierschutzzaunes, sammelte Erfahrungen, und übernahm zur nächsten Paarungszeit relativ leicht eine eigene Herde, denn seinen Forkeltrick mit dem Überraschungseffekt kannte hier noch keiner.

Jahr für Jahr gewann er seine Zweikämpfe; aber mit der Zeit wurde er schwächer. Bei der Pflicht, nach gewonnenem Kampf die Damtiere zusammen zu halten und zu beglücken, halfen ihm zunehmend häufiger junge Hirsche am Rande der Herde.

Rudis Kräfte schwanden zusehends, er spürte sein Ende nahen. Aber sollte er in der Fremde sterben?

Die Erinnerungen an seine Zeit als unumstrittener Platzhirsch daheim sorgten dafür, dass es ihn wieder nach Hause zog. Über seine Vergangenheit war bestimmt Gras gewachsen, und er würde sich als Heimkehrer feiern lassen. – Als er in seinen heimischen Wäldern ankam, war wieder Paarungszeit; eigentlich nichts mehr für ihn. Aber still am Waldesrand wollte er seine letzten Jahre auch nicht verbringen. Dann lieber auf offener Bühne sterben. So stellte er sich dem Ritual. Es fiel ihm schwer, viel zu schwer und er merkte sehr bald: Dies würde sein letzter Kampf werden, er hatte keine Chance mehr. Seinen Trick kannten hier alle; es gab für ihn keinen Heimvorteil. Er war der ungeheuren Stärke des Gegners unterlegen, und als er den entscheidenden schmerzlichen Hieb in seinem Brustkorb verspürte, ließ er sich ganz langsam hinuntergleiten. Er wollte nicht plötzlich zusammenbrechen, erst aufbäumend und dann wegsackend, nein. Noch im Liegen schloss er theatralisch langsam die Augen, ließ in den letzten Sekunden seines Lebens die Jahre an sich vorbeiziehen. Ja, er war erfolgreich gewesen. Und die anderen waren immer eine Klasse unter ihm. Sie machten, was er sagte, gehorchten, widersprachen lange Zeit nicht laut. Doch nun lag er darnieder und sein Blut wärmte den heimischen Waldboden. Er war besiegt, aber angekommen, er ließ sich nicht vertreiben, verkroch sich nicht, er blieb einfach liegen. Nur wenige Damtiere kamen und nahmen Abschied, die meisten erkannten schnell das reale Geschehen und unterwarfen sich dem stärkeren Hirsch. Rudi war schon lange kein Platzhirsch mehr, trotzdem dachte er zufrieden an seine vielen Nachkommen und daran, dass er eigentlich bis zum letzten Augenblick seines Lebens das Zepter geführt hatte.

Als ich diese Fassung meinem „Auftraggeber" vortrug, erkannte er sich nicht.

Das schlechte Gewissen

„Ich weiß Chef, ich muss Ihnen gar nichts erzählen, weil es ganz und gar meine eigene Sache ist. Aber ich freu mich so sehr über meinen Entschluss. Und an meiner Freude sollen Sie ruhig teilhaben", sagte Frank. Er strahlte und machte es sich im Sessel vor dem Schreibtisch des Chefs bequem.

„Ja, prima, Frank. Das finde ich wunderbar, dass du zu mir gekommen bist. Du weißt ja, ich habe immer ein offenes Ohr für jeden in meiner Abteilung, auch ohne Termin, einfach mal so zwischendurch für fünf Minuten. Aber die meisten kommen mit Problemen, Sorgen und Wünschen. Aus reiner Freude kam bisher niemand. – Nun erzähl schon, worüber du dich so freust …"

„Nun ja, da muss ich ein wenig ausholen. Denn erst einmal habe ich mich ja mächtig geärgert über diese ständige Gängelei hier im Betrieb. Zunächst sollte man *im Büro* nicht mehr rauchen. Zur Raucherinsel war es zum Glück nicht so weit. Aber man stand da wie so ein Depp. – Und dann durfte gar nicht mehr *im Gebäude* geraucht werden. Ab, vor die Tür!"

„Ja", sagte der Chef. „Und das ist für unsere Abteilung kein schöner Anblick. Wer auch immer zu uns kommt, muss erst einmal am Raucher-Spalier vorbei."

„Sicher sieht es doof aus. Aber für uns Raucher ist es auch interessant zu sehen, wer wann kommt und geht. – Und ich dachte mir schon immer: Sieh mal an, was sich der Betrieb so alles leisten kann …!"

„Welchen Mitarbeiter meinst du denn jetzt?", wollte der Chef wissen.

„Nein, nein, keine Namen …", sagte Frank und rutschte auf dem Sessel hin und her. „Aber noch mal zu den Rauchern: Ich habe nämlich die Arbeitszeit hochgerechnet, die Zeit für den Weg bis zum Eingang, das Rauchen selbst und für den Weg zurück. Und das für 6 Zigaretten in einer Schicht. Da sind wir locker bei einer Stunde."

„Mensch, Frank! Du machst dir ja Gedanken wie ein richtiger Arbeitgeber", sagte der Chef anerkennend, „aber nun sag mir doch endlich, worüber du dich so freust."

„Gleich, Chef: Eine Stunde am Tag. Da habe ich mir gedacht, das geht nicht lange gut. Irgendwann kommt die Forderung: Nacharbeit oder Lohnverzicht bei den Rauchern, oder den Nichtrauchern wird pro Tag eine Arbeitsstunde erlassen. Aber so etwas kann sich kein Betrieb leisten. Da muss eine Lösung her!"

„Ja, Frank, das ist ein Riesenproblem. – Hast du einen Vorschlag?"

„Nein", sagte Frank. Aber er grinste: „Wie machen es die da drüben, übern Teich eigentlich? Soviel ich weiß, ist das Rauchen dort sehr verpönt. In Gaststätten qualmt da keiner mehr."

Den Gedanken griff der Chef auf: „Ja. Das Einfachste wäre, wenn keiner mehr rauchen würde. Jedenfalls nicht im Dienst. Und was ein jeder zu Hause macht, ist seine Sache."

„Genau", sagte Frank. Er schlug ein Bein über das andere. „Jedenfalls bin ich der nächsten Entscheidung zuvorgekommen. Ich lass mir doch keinen Lohn abziehen; länger bleiben will ich auch nicht. Und das Rauchen mir verbieten lassen…? Nee." Stolz sagte Frank: „Chef, ich habe mit dem Rauchen aufgehört! Echt. Ist mein eigener Entschluss."

„Das find ich super."

„Ja, aber …", druckste Frank herum.

„Was aber?"

„Nun ja, ich habe ja immer gedacht: Irgendwann bekomm ich von dem vielen Rauchen Lungenkrebs. Und um den Zusammenhang nachweisen zu können, habe ich für meine Zigaretten immer schön Steuern gezahlt. Nix da aus Polen oder von fliegenden Händlern. Immer schön im Laden gekauft, immer die gleiche Sorte, mit Karte bezahlt und den Kassenbon zusammen mit dem Kontoauszug über Jahre gesammelt. Ja, mit ec-Karte habe ich meine Zigaretten bezahlt! – Aber dann dachte ich mir: Die Streitereien mit dem Zigarettenkonzern stehst du nicht durch. Da hilft dir auch keine Rechtschutzversicherung. Das ist einfach eine Nummer zu groß für dich … Und nachher spielen die auf Zeit; und schon guckst du alle von unten an."

„Aber du hast ja nun aufgehört …?"

„Ja, Chef! Aufgehört zu rauchen habe ich, weil mir zufällig ein Artikel in die Hände kam.

Der Titel lautete ‚Raucher halten das Ge-
sundheitssystem gesund'. Ich weiß, es klingt
verrückt. Man denkt immer, wenn man krank
wird, verursacht man Kosten. Aber es ist bei
den Rauchern genau umgekehrt. Ja, sie verur-
sachen zunächst Mehrkosten, sind häufiger
krank und werden oft früher berentet. Die
Krankenkassen sparen aber, weil Raucher
statistisch gesehen früher sterben. Auch die
Rentenversicherung spart durch den Wegfall
der Rente. Und unsere Firma spart die Be-
triebsrente für mich."

„Interessant."

„Ja, so ist es. – Und weil ich jetzt nicht mehr
rauche, liege ich allen wieder auf der Tasche,
und nun habe ich ein schlechtes Gewissen."

Oft werde ich gefragt, wie lange ich für eine Geschichte brauche. Das ist ganz unterschiedlich. Bei der vorangegangenen vergingen über zehn Jahre.

Die Tatsache, dass Krankenkassen am frühen Rauchertod verdienen, wurde bereits 1999 veröffentlicht. Aber erst mit dem aufkommenden Rauchverbot in Arbeitszimmern, dann auf den Fluren und die spätere Verdrängung der Raucher ins Freie, wurden die Bausteine geliefert. Und mit Franks Idee rundete sich alles.

Nein, nicht schon wieder

‚War es wirklich ein Unfall, damals vor zehn Jahren?' An den alten *Fall Weinhuber* dachte Kommissar Meier auch heute wieder. Vielleicht lag es daran, dass er mit seiner aktuellen Arbeit auf dem Laufenden war. – Eigentlich könnte er wieder einmal bei den Weinhubers vorbeischauen. Zwischenzeitlich waren sie fast miteinander befreundet. Nicht des Falles wegen, sondern weil sie in der Nähe wohnten. Kommissar Meier erkundigte sich telefonisch, ob er heute gelegen käme.

„Kein Problem, komm vorbei. Nur park bitte ausnahmsweise auf der Straße; meine Frau will nachher noch mal los", meinte Weinhuber. „Ich mach schon mal Kaffee."

Die Weinhubers ließen eigentlich immer ihren Besuch aufs Grundstück fahren und direkt vor der Garage parken. So war es für die Gäste bequemer, denn das Grundstück war von der Straße nach hinten ansteigend und die Garage befand sich oben, direkt im Haus. Das Tor stand fast immer offen.

„Kommst du eigentlich als guter Nachbar oder als Kommissar, der da noch mal 'ne Frage hat?", empfing ihn Weinhuber und umarmte ihn dabei.

„Als guter Nachbar, der noch mal 'ne Frage hat", scherzte Kommissar Meier.

Als Frau Weinhuber merkte, dass es entspannt zugehen würde, entfernte sie sich entschuldigend.

Die beiden Männer setzten sich in *das* Zimmer, das direkt über der Garage lag. Der Blick nach draußen gab den gepflegten Garten und den Weg bis zum Gartentor frei. Kommissar Meier überlegte noch, wie er beginnen könnte, als ihm der Satz rausrutschte: „Entschuldige, aber hier wurde damals deine Frau …?", er machte eine Kopfbewegung nach draußen.

„Nun fängst du doch mit dem alten Zeug an! Ja, hier ist es passiert. Aber das ist schon zehn Jahre her, und es war nicht *dein* Fall. Es war gar kein *Fall*, es war ein Unfall."

„Ja, ja. Ich weiß. – Doch fast nicht vorstellbar", meinte Kommissar Meier.

„Irgendwann will ich die ganze Sache endlich abschließen und nicht mehr darüber reden. Aber wenn du meinst, hier noch einmal zum Mitschreiben: Wie du siehst, ist es leicht abschüssig. Und der Handwerker hat damals nicht aufgepasst", sagte Weinhuber verärgert. „Er parkte hier oben am Haus. Direkt vor der Garage. Meine Frau kam zu Fuß gelaufen, in gebückter Haltung, um die Schräge etwas auszugleichen. Dadurch war sie noch kleiner, als sie es sowieso schon war. Und der Handwerker hatte einen steifen Hals, konnte sich nicht richtig umdrehen, als er rückwärtsfuhr. – Bei der Vernehmung sagte er noch: ‚Dann holperte es.' Er dachte so bei sich: ‚Komisch, den Huckel habe ich gar nicht bemerkt, als ich kam.' Er fuhr weiter und es holperte noch einmal. – Erst dann stieg er aus und sah, was er angerichtet hatte: Er hatte die

Chefin des Hauses, also meine Frau, überrollt."

Habe ich dir eigentlich erzählt, dass ich auch
schon mal überrollt wurde?", fragte Kommissar Meier. Als Weinhuber nicht antwortete, erzählte er einfach weiter, auch um ab-
zulenken: „Ich war noch sehr klein, fuhr mit
meinem Dreirad ganz vorsichtig auf dem
Bürgersteig. Dann bog ein Taxi in unsere
ruhige Seitenstraße ein. Warum auch immer
schob ich mein Dreirad auf die Straße, wollte dem Taxi nach, es vielleicht einholen?
Das Taxi war so ein hochbeiniges Ding, ein
alter *Wolga*. – Auf einmal bremste das Taxi
und fuhr rückwärts direkt auf mich zu. Das
Heckfenster war viel zu hoch. Der Fahrer
konnte mich nicht sehen. Zum Weglaufen
blieb mir keine Zeit, ich legte mich flach
hin, und passte auf, dass ich unter dem Wagen in der Spur blieb. Ich wollte ja nicht
unter die Räder kommen. Dann setzten me-
tallische Kratz- und Schleifgeräusche ein,
denn der *Wolga* erfasste und verbog mein
Dreirad. Erst jetzt hielt das Taxi. Der Fahrer stieg kreidebleich aus. Als ich aber unter
dem Taxi hervorkrabbelte, bekam er wieder
Farbe."

„Wie oft hast du diese Geschichte schon erzählt?", fragte Weinhuber. Und seine Frage klang ernsthaft.

„Einmal meiner Frau. Und jetzt dir."

„Da hattest du unwahrscheinliches Glück. Damals. Aber vor 10 Jahren waren die Autos eher tiefer gelegt, und das wurde meiner Frau zum Verhängnis", sagte Weinhuber und fuhr fort: „Es hat Jahre gedauert, bis ich darüber hinweggekommen bin, ich wollte sogar alles verkaufen. Schließlich lernte ich meine zweite Frau kennen. Sie fährt übrigens sehr gut Auto. Ach ja, sie will noch mal weg; aber das habe ich dir ja schon am Telefon gesagt. – Mobilität im Alter ist wichtig. Ernsthaft. Meine Hausärztin erzählte mir, wenn im Alter der Führerschein weg ist, baut man schneller ab."

„Na, so weit sind wir ja noch nicht", sagte Kommissar Meier und dachte sich: ‚Ah, jetzt geht's los', als er aus dem Augenwinkel heraus das Auto unten losfahren sah. Verwundert betrachtete er die Fenster und sagte anerkennend: „Gute Qualität, eure Fenster. Oder ein sehr leises Auto? Ist das ein Hybrid?"

Jetzt sahen beide wie der Wagen die Schräge hinunterrollte und wenig später an der Grundstücksgrenze zum Stehen kam.

„Komisch", wunderte sich Weinhuber, „sonst fährt sie mir fast zu schnell auf die Straße – und jetzt geht's nicht weiter. Lass uns mal nachsehen."

Schon an der Haustür hörten sie ein Wimmern. Entsetzt rief Herr Weinhuber: „Nein, nicht schon wieder!" Beide eilten zum Wagen und entdeckten Frau Weinhuber unter dem Auto eingeklemmt in einer großen Blutlache liegen. Sie versuchten sie unter dem Wagen hervorzuziehen, was ihnen aber nicht gelang.

Der herbeigerufene Notarzt konnte nur noch den Tod feststellen, zu hoch war der Blutverlust.

Weinhuber meinte hilflos: „Die Auffahrt bringt mir kein Glück. Alle zehn Jahre passiert etwas."

Die Untersuchung des Herganges war schnell abgeschlossen: Der Wagen hatte sich selbständig gemacht, dann Frau Weinhuber überrollt und mitgeschleift, da sich die Kleidung unter dem Auto verfing.

„Ein Unfall", stellte Kommissar Meier fest. „Heute wie damals."

Wer schreibt und gelegentlich seine Geschichten in kleineren Kreisen vorträgt, muss auch eine Weihnachtsgeschichte in seiner Sammlung haben. Besonders dankbar ist das Publikum, wenn es nicht so bitter ernst zugeht ...

Schon wieder Weihnachten

„Wenn ich deine ganzen Vorbereitungen so sehe", sagte Daniel Neubert zu seiner Frau, „dann werd ich mal die Geschenke für Oma Margot und Tante Friedchen übernehmen."
„Prima, danke. Hast du schon eine Idee? Eigentlich haben sie ja alles."
„Kleinigkeiten vielleicht? – Heute war der *Bader*-Katalog im Briefkasten. Mal sehen, ob ich was finde?", meinte Daniel.
Beim Durchblättern schüttelte er immer wieder den Kopf. „Okay", sagte er, „der Zielkunde befindet sich am Ende der Karriere. Aber muss man das gleich an der Klei-

dung erkennen? Jeder weiß doch: *Bader* und zweimal gewaschen und alles hängt lappig herunter." Daniel sah zu seiner Frau und bemerkte ihr Lächeln: „Sag nichts. Ich sehe, was du denkst." Daniel schaute wieder in den Katalog. Passend zum Fest boten sie Weihnachtsgeschirr an. Er sah hoch, wollte aber seine Frau nicht schon wieder stören. Eigentlich könnte er auch mal etwas alleine entscheiden.

Gedacht, getan.

Seine kleine Bestellung hatte Daniel genauestens überprüft, alles nachgerechnet, die Lieferzeit beachtet und den Kauf übers Internet ausgelöst. Nun arbeitete die Zeit für ihn.

Als nach drei Tagen noch immer keine Lieferung eintraf, wurde er unruhig. Er sah die E-Mails durch. Und da gab es doch tatsächlich eine Anfrage, ob er auch *Teil*-Lieferungen akzeptieren würde?

„Wie jetzt?", fragte sich Daniel. „Einen Teil zu Weihnachten und den Rest zu Ostern? — Geht gar nicht." Erbost rief er die Bestellhotline an. Nach 15 Minuten in der Warteschleife hatte er eine helle, klare Frauenstimme am Ohr. Nur bei ihrem Namen nuschelte sie so sehr, dass er sich beim besten Willen da nix merken konnte. Dafür hatte sie aber seine Bestellung sofort gefunden. Vorwurfsvoll fragte sie ihn, warum er sich erst jetzt melden würde?

„Nun, ich bin nicht so der Draufgängertyp. Aber nach drei Tagen dachte ich, fragste mal nach."

„Und wie stehen Sie nun zu Teillieferungen?"

„Nun ja, wenn es sein muss? Aber ich brauche alles vor Weihnachten!", sagte Daniel mit festerer Stimme.

„Gut. Die Lieferungen erfolgen in drei Teilen."

„Warum", wagte er sich zu fragen, „warum sind es mehrere Lieferungen?"

„Wenn sich die Ware nicht an einem Ort befindet, sie also erst zusammengetragen werden muss ... und Sie auf *einer* Lieferung bestehen, dann beträgt die Lieferzeit fünf Tage. Ab jetzt."

„Nein, nein. Eher bitte", sagte Daniel.

„Ich notiere: Sie sind mit Teillieferungen einverstanden. Dann wird bei Ihnen natürlich dreimal geklingelt."

„Ich habe fünf Artikel bestellt."

„Ja. Das sehe ich jetzt auch hier. Also im schlimmsten Fall wird fünfmal geliefert."

Daniel übte sich erneut drei lange Tage in Geduld.

Als wieder nichts geschah, trank er einen Schnaps und wählte erneut die Nummer der Bestellhotline. – Große Verwunderung am anderen Ende der Leitung. Die Ware sei raus. Im Internet könne er den Weg der Pakete nachverfolgen. „Ich mach das mal für Sie rasch", sagte die Dame vom Servicecenter. „Wann waren Sie das letzte Mal an Ihrem Briefkasten? Da müssten mehrere Benachrichtigungen drin sein."

„Keine Ahnung", meinte Daniel. „Ich erwarte Päckchen und keine Briefpost."

Nun wurde Daniel belehrt, dass er nach einer Bestellung im Internet sein Handy, die E-Mails und den Briefkasten zu kontrollieren habe. Dann wüsste er nämlich, dass ihm keine Pakete mehr zugestellt werden. Wäre neu. Es gab in letzter Zeit zu viele Überfälle auf Paketzusteller. „Und Sie wohnen doch im Wedding?", fragte die Dame vom Service.

‚Du gibst jetzt nicht auf', dachte sich Daniel. Mit seinem alten *VW-Bus* wollte er das regeln: Pakete einsammeln, nach Hause, schön verpacken und wieder ausfahren. Als er aber in seinen *Bus* einsteigen wollte, merkte er, dass jemand den Wagen tiefer gelegt hatte: Zwei Reifen waren zerstochen. Also zu Fuß zur ersten Postfiliale. Da warteten drei Monsterpakete auf ihn. Sie waren zwar leicht, aber unhandlich. Im guten Glauben an die Mitbevölkerung ließ er die Pakete in einer dunklen Ecke im Vorraum stehen. Dann eilte er zur zweiten Abholstation und bekam wieder große Kartons. Jetzt rief er sich ein Taxi, lud ein und ließ sich zur ersten Postfiliale fahren. Wie aus heiterem Himmel war diese zwischenzeitlich weiträumig abgesperrt. „Ein Überfall?", fragte Daniel einen Beamten. „Nein, herrenlose Pakete im Vorraum."

Nachdem Daniel alle Artikel zu Hause sorgfältig geprüft und die Geschenke weihnachtlich verpackt hatte, wollte er die Sache nur noch zu Ende bringen. Bei Friedchen im Heim ging es schnell: „Hohoho, mich schickt der Weihnachtsmann – und du bist doch das liebe Friedchen?", fragte Daniel mit tiefer Stimme. Friedchen erkannte ihn nicht. Umso mehr freute sie sich über das schöne, rote Weihnachtsgedeck und sie wusste gar nicht, womit sie das verdient hatte, und ob es wirklich für sie sei?

Nach großer Taxi-Runde war Daniel abends wieder zu Hause.

„Und?", fragte ihn seine Frau, „haben sich beide Damen gefreut?"

„Friedchen konnte mich gar nicht zuordnen. Ich hoffe nur, dass sie das Geschenk behält und nicht bei der Heimleitung abgibt. Auch Oma Margot hat nun endlich ein Weihnachtsgedeck. Sie wollte wieder wissen, was es gekostet hat, da sie doch immer alles bezahlen will. – ‚War fast geschenkt, ein Schnäppchen', sagte ich ihr."

„Wirklich?", fragte seine Frau.

„Das Geschirr war zwar von Villeroy & Boch. Bloß zum halben Preis. Aber das Drumherum war teuer. Die Taxifahrten. Und zwei Reifen vom *VW-Bus* hat mir jemand zerstochen. Muss ich noch zur Anzeige bringen."

„Alles nicht so wild. Du hast mir sehr geholfen", sagte seine Frau, als es an der
Wohnungstür klingelte. „Du oder ich?",
fragte sie und entschied: „Ich geh' schon."

An der Tür standen zwei Herren von der
Polizei: „Wir haben hier eine Vorladung für
Herrn Daniel Neubert. Er muss morgen um
9.00 Uhr auf dem Revier erscheinen. Es
geht um eine Anzeige wegen groben Un-
fugs", erklärte einer der Polizisten.
„D-aaaaa-n-i-e-l", rief sie in die Wohnung
hinein, „komm doch mal."

Das parkende Auto III

Fortsetzung von Seite 92

27. Dezember, Dienstbesprechung.
Der Chef ließ seine Kollegen antanzen: „Na, ihr zwei Superhelden, wie blöd kann man sich denn nur anstellen? – Gestern rief mich ein besorgter Bürger an, hat eure beiden Kennzeichen durchgegeben und berichtet, wann ihr Dienst schiebt, wann gewechselt wird, dass ihr immer denselben Parkplatz nutzt, ihr hinter dem Lenkrad geradeaus nach vorne starrt, wartet, bis das eigene Auto von innen zugeschwitzt ist, eine Runde fahrt, und wenn der Motor warm ist, wieder auf demselben Fleck stehend, den Motor laufen lasst. Tack, tack, tack, sagte der Diesel", äffte der Chef den Motor nach.
„Dann brauchen wir eben nen Benziner ... oder ʻne Standheizung ... und außerdem

sollten wir … ", sagte der Jüngere von den beiden.

„Der Auftrag wird jetzt zu Ende geführt. Aber stellt euch nicht so an! Steigt mal aus, lauft herum, seid locker."

Murrend zogen sie ab. „Soll sich der Chef mal bei Frost konspirativ verhalten", brabbelte der Ältere.

28. Dezember

„Eigentlich können die einem leidtun", sagte Herbert zu seiner Frau. „Alle Weihnachtstage war der Jüngere dran, immer bis früh kurz vor 06.00 Uhr, immer brav Dienst geschoben! – Hab im Bad kein Licht gemacht, wenn ich nachts mal musste."

Gudrun meinte: „Weihnachten in so einem blöden Auto rumhängen. Das ist wirklich hart! – Willst du noch mal die Polizei anrufen?"

„Und, wenn es selbst Polizisten sind? In zivil?"

Herbert bemerkte, dass der Ältere jetzt auf dem Beifahrersitz saß. Er stieg auch mal aus, ging zum Imbiss, völlig cool.

30. Dezember

„Als du gerad' einkaufen warst, gab es da drüben einen Polizeieinsatz", berichtete Gudrun. „Danach bin ich gleich rüber, hab aber nicht viel rausgekriegt. Sie kamen wie wild angerast, ohne Blaulicht, sind rein in das Mehrfamilienhaus, alles hat nur 30 Minuten gedauert."

„Haben sie jemanden mitgenommen?"

„Weiß nicht. So schnell wie sie kamen, waren sie auch wieder weg."

„Dann ist der Spuk endlich vorbei? Wäre doch schön, nicht wahr, Gudrun?"

Herbert sah noch mal aus dem Fenster, wartete bis nach 20.00 Uhr, brachte wieder den noch fast leeren Mülleimer runter, lief den Parkstreifen auf und ab. Er sah nichts Auffälliges!

Wieder zurück rief er erleichtert: „Gudrun, sie sind weg! Es ist nicht zu fassen, es ist alles wieder wie vor Wochen! – Aber, was war es denn nun? Das kriegen wir vielleicht nie raus", sagte er resigniert.

„Wart nur ab", meinte Gudrun. „Manchmal erfährst du's später beim Bäcker."

Der Besuch

Heinz und Uschi Viergarten lebten im Alter sehr zurückgezogen. Ihre beiden Söhne waren ausgewandert, beruflich sehr erfolgreich und hatten eigene Familien gegründet. Für einen Besuch bei den Eltern blieb nur die Weihnachtszeit. Und neuerdings wechselten sich die Söhne ab, so dass jeder nur noch alle zwei Jahre in Berlin vorbeischaute. Damit begnügten sich beide, Heinz und Uschi. Gezwungenermaßen. Es gab da ja noch E–Mails und Skype war auch schon erfunden. Heinz aber sehnte sich nach richtigem Besuch.

Als Uschi ihren Mann wieder einmal zusammengesunken dasitzen sah, sagte sie: „Ich geh' mal in den Garten, Blätter harken."

Er rappelte sich und meinte lächelnd zu ihr: „Gut, mach das, Frau Viergarten, aber nur in unserem. Du weißt ja, wir haben nur den einen."

Sie antwortete erst nicht; der Witz war in letzter Zeit zu oft erzählt worden und neuerdings fand sie ihn nur noch blöd. Schließlich sagte sie: „Schreib du mal deine E–Mails und halte Kontakt zur Außenwelt. Freundschaften wollen gepflegt werden." Und mit der Frage: „Ach ja, sind auch *neue* Freunde dabei?", gab sie es ihm zurück. Denn genau das war sein wunder Punkt: Er fühlte sich einsam.

Dabei war Heinz Viergarten eigentlich perfekt. Und er war mit sich zufrieden, wenn es da nicht die anderen gegeben hätte, die nicht perfekt waren und es auch nicht werden wollten. – Erst gestern korrigierte er die abgestellten Einkaufswagen vor der Kaufhalle. Dort gab es drei Reihen, zwei waren gleich lang. Die Dritte war unbeachtet und daher viel kürzer.

‚Das ist doch unordentlich‘, sagte er sich, nahm eine Münze, setzte die Einkaufswagen um, bis alle drei Reihen gleich lang waren. ‚Geht doch‘, dachte er sich.

Wenn Heinz Viergarten anfing herumzumotzen, dann meinte seine Frau immer häufiger, sehr beschäftigt zu sein. Deshalb musste sein guter alter Freund Axel herhalten. Er wurde von ihm mit seinen E–Mails regelrecht zugeschüttet. Mit ihm hatte er, Heinz Viergarten, bereits die Aktivitäten der NSA diskutiert. Sie tauschten sich über die Stasi, den Mossad, den KGB, die CIA, den ISIS aus, meinten, dass Bauanleitungen für Bomben und Sprenggürtel nicht ins Internet gehörten, forderten Haftstrafen für deutsche Automanager und sie meinten, dass Fake-News einen völlig durcheinanderbrächten. Nun wisse man gar nicht mehr, was wahr bzw. unwahr wäre.
Doch irgendwie ging es nicht weiter. Alles führte zu nichts. Sie hatten keinen Einfluss. Oder sie merkten nichts davon. Hinzu kam, dass sich ihre alten Freunde immer mehr von ihnen, den Dauernörg-

lern, abwandten. Ja, Heinz Viergarten spürte eine gewisse Einsamkeit. So traf der zufällig entdeckte Bericht über die Studie „Gemeinsam einsam" bei ihm auf offene Ohren. Dort wurde behauptet, dass viele denken würden, sie hätten weniger soziale Kontakte als ihre Freunde zum Beispiel. Und jene würden mehr Zeit mit anderen verbringen als mit einem selbst. Auch wenn alles nicht stimmte, würden die, die sich benachteiligt fühlten, zu Depressionen neigen.

„Sind wir einsam?", fragte Heinz Viergarten seine Frau, als sie gerade wieder das Haus betrat.

„Wie kommst du denn darauf? Wir haben ganz viele Blätter im Garten, sogar welche vom Nachbarn und Besuch habe ich dir auch mitgebracht. Diese Herren standen am Tor und meinten, dich sprechen zu wollen."

Zu dritt waren sie gekommen, in zivil, in einer schwarzen Limousine. Sie wiesen sich aus.

„Na endlich", begrüßte sie Heinz Viergarten freudig erregt. „Schön, dass sie

sich für den kleinen, unbescholtenen Bürger interessieren und ihn besuchen. –
Aber zunächst mal raus mit der Sprache:
Welche Suchworte haben sie denn zu mir
geführt?"

Die Ferienwohnung

„Na, kann ich Sie denn allein lassen?", fragte Kommissar Werner Meier seinen neuen Kollegen. „Wir haben schon wieder März und mein Urlaub ist noch aus dem letzten Jahr. Aber, was rede ich? Wenn ich in den Vorruhestand gehe, müssen Sie sowieso allein klarkommen."

„Stimmt", meinte Jan Riehle. „Aber trotzdem: Sind Sie für den Notfall ...? Ein Smartphone haben Sie ja nicht. Aber vielleicht per E-Mail? Nehmen Sie 'nen Laptop mit?"

Kommissar Meier überlegte: „Eigentlich gehört zum Abschalten, dass man abschaltet. – Aber noch mal zum letzten Stand im Mordfall Braun: Wir haben das Opfer, die Tatwaffe, den Täter und das Tatmotiv war Habgier. Den zwanzig Jahre älteren Braun hat Karstens umgebracht. Seine DNA-Spuren wurden unter den Fingernägeln des Opfers sichergestellt."

„Ja", bestätigte Jan Riehle. „Eigentlich ist der Fall gelöst. Wären da nicht die Blutspuren, die zu keinem passen. Karstens wird behaupten: Da war noch jemand am Tatort. Und er selbst, Karstens, sei der Gute, und Braun habe sich an ihm nur festgekrallt."

„Überredet. Den Laptop nehme ich mit." Kommissar Meier zog die Schultern hoch und ließ Jan Riehle sitzen.

Nach Österreich im Vorjahr sollte es diesmal auf die Kanaren gehen. Seine Frau Marianne hatte eine Ferienwohnung gebucht. Im Internet sah alles toll aus. Und nun waren sie die Quartier–Tester. Aber irgendwie war der Wurm drin. Schon auf dem Fünfstundenflug war das Essen nur gegen Aufpreis zu haben. Zuzahlen wollten sie nicht und so nahmen sie es mit Humor, denn diese Art Diät kannten sie noch nicht.

Kaum in der Ferienwohnung angekommen, meldete sich der Vermieter aus Deutschland per SMS.

Herr Meier antwortete kurz: „Ja, alles ist gut. Morgen Abend mehr. Ach ja, die Zugangsdaten für das Internet bitte noch per SMS?"

Als er sie hatte, begann er sogleich mit der E-Mail. Er schrieb, was alles fehlte: Ein Tresor, die Auflieger für die Liegen, der Sonnenschirm war defekt, das Besteck nicht vollzählig, bei den Pfannen löste sich die Beschichtung. Es gab keinen Geschirrspüler, obwohl die Ferienwohnung für Selbstversorger gedacht war, Bademäntel fehlten, leichte Decken für die Nacht. – An den Fenstern kein Store, die pralle Sonne den ganzen Tag. Und im Pool waren die Fliesen gerissen und gebrochen. Man schneide sich leicht die Füße auf, warnten andere Urlauber.

„Ist das zu hart?", fragte Marianne, nachdem sie alles gelesen hatte.

„Es ist doch so", schmunzelte ihr Mann.

„Dann schick die Mail ab", bat sie ihn.

Er drückte auf *Senden*. Und dann meldete er sich noch bei seinem Kollegen.

Jan Riehle antwortete: „Prima, dass es mit der Verbindung klappt. Hier kommen wir nicht weiter. Das Blut … Und die Zeugen haben auch keine weitere Person am Tatort gesehen. Haben Sie noch eine Idee? Manchmal hilft ja der Abstand."
„Ich denke nach", war die kurze Antwort.

Der Vermieter schrieb: Er wäre über die Mail geschockt, wolle aber einen Safe kurzfristig einbauen lassen. Und er würde es verstehen, wenn sie sich nach einem anderen Quartier umsähen.

„Wow, der ist ja richtig eingeschnappt", meinte Herr Meier und schrieb zurück: „Am zweiten Tag sehen wir alles viel entspannter. Also vergessen Sie die kleinlichen Aufzählungen. Natürlich bleiben wir in Ihrer Wohnung. Fam. Meier"

Wenig später die erleichterte Antwort, er wäre beruhigt, es seien ja die wertvollsten Wochen des Jahres. Für die Internetnutzung und für den Safe in Bälde gäbe es keine weiteren Kosten – als Ausgleich für die fehlenden Dinge.

Nach zwei Tagen gab es einen neuen Schirm, nach vier Tagen zwei neue Pfannen und mehr Besteck. Es kam immer derselbe Handwerker. Doch nach acht Tagen kamen sie plötzlich zu zweit für den Einbau des Tresors. Einer hielt und der andere bohrte. Als sie den überraschten Blick von Herrn Meier sahen, erklärte *ihr* Handwerker: „Ist mein kleiner Bruder, er lernt bei mir. Er ist 'ne halbe Stunde jünger", schob er nach und lachte mit breitem Mund.

Als Herr Meier wieder einmal auf der Terrasse saß und aufs Meer schaute, kam ihm ein Gedanke. Die Brüder brachten ihn drauf. – Zwillinge haben die gleiche DNA. Das ist bekannt. Aber da gab es einen seltsamen Fall … Er fragte bei Jan Riehle nach, wie der DNA-Test erhoben wurde.

„Standard. Durch Speichelprobe", versicherte ihm sein Kollege per E-Mail.

„Gut. Ich denke weiter nach", antwortete er und sagte zu seiner Frau: „Ich kann mich dunkel an einen besonderen Fall erinnern, der auf einer Fortbildung besprochen wurde. Seltene Fälle und so. Einer von … was weiß ich …?"

Kommissar Meier schrieb seinem Kollegen: „Ermittelt noch einmal von dem Karstens die DNA. Aber diesmal aus seinem Blut. Und vergleicht es mit dem Blut am Tatort."

Dann schrieb er dem Vermieter: „Heute brach ein Haltestab des Sonnenschirms. Er ähnelt nun einer Konstruktion zum Verscheuchen von Vögeln. – Aber nichts machen! Bitte keinen Handwerker mehr. Fam. Meier"

Tage später meldete sich Jan Riehle wieder per E-Mail: „Treffer! Und jetzt erklären Sie mir bitte mal, wie das geht?"

Kommissar Meier antwortete: „Ich kannte zwar nicht Karstens Krankenakte. Aber ich ahnte da etwas. Wenn ein Mensch einmal im Leben eine Knochenmarktransplantation bekam, hat er im Blut das DNA-Profil des Spenders, in den übrigen Körperzellen jedoch sein eigenes Profil. Ein einzelner Mensch hat dann zwei verschiedene genetische Identitäten. Und somit ist Karstens eindeutig überführt. – Ach ja, noch ein Tipp von mir, lieber Kollege Riehle: Bei aller Arbeit immer wieder mal zur Fortbildung gehen!"

Jan Riehle schrieb zurück: „Mensch, Chef! Und Sie wollen wirklich irgendwann aufhören?"

Nach zwölf Tagen wurde das Aufmaß für die Gardinen genommen … Familie Meier hatte in den drei Urlaubswochen insgesamt vier Handwerkertermine.

„Na siehst du", sagte Marianne zu ihrem Mann, „in diesem Urlaub hast du einen Mordfall aus der Ferne gelöst und ganz sicher viele Wünsche anderer Urlauber ausgesprochen."

„Mordfall, okay. Aber Wünsche erfüllt? Ich? Wieso denn ich? – *Du* hast doch die ganzen Dinge gesehen und beanstandet."

Das teure Hemd

Als an einem Wochenende Daniel Neubert zu seiner Oma aufs Land fuhr, fand er sie fast reglos in der Diele ihres kleinen Häuschens liegen. Daniel berührte sie sacht. Sie bewegte sich und kam zu sich. Daniel half ihr vorsichtig hoch. Sie war noch etwas benommen, erkannte ihren Enkel und ließ sich von ihm ins einzige Zimmer führen. Dort brüllte ihnen der Fernseher entgegen.

„Kannst du den Fernseher nicht leiser stellen? Oder mach' die Kiste gleich ganz aus", bat er seine Oma Margot. Er wollte nicht gegen das Gerät anschreien, und wenn er schon mal da war, wollte er *ihr* zuhören.

„Ja, natürlich. Jetzt bist du ja da", sagte sie und drückte gleich auf der Fernbedienung den Ausknopf. Oma Margot hatte sich schnell erholt.

„Wenn ich alleine bin, läuft er den ganzen Tag. Ist ja sonst keiner da, mit dem ich reden kann."

„Wie, du redest mit dem Fernseher?"

„Ja, warum nicht? Wenn sie mir einen ‚Guten Tag' wünschen, grüße ich zurück. – Und wenn mir etwas nicht gefällt; oder ich anderer Meinung bin, rufe ich zum Fernseher: ‚Nein, das kann doch nicht sein.' Ja, so ist das."

„Ach, Omi! Und du meinst wirklich, du bist nicht einsam?"

„Schon gut. Wir hatten das alles bereits ausdiskutiert: Ihr wollt nicht aufs Land ziehen. Bei mir ist alles zu eng. Und mich noch mal verpflanzen mit 89 Jahren?"

„Ja, aber irgendwann müssen wir was machen ... – Was war das eigentlich vorhin? Liegst du öfter am Boden? Was sagt dein Arzt dazu?"

„Welcher Arzt?", fragte sie scherzhaft. „Ich habe keine Schmerzen, mir war nur mal schlecht."

„Was macht deine Pumpe? Hast du sie im Griff – oder sie dich?"

„Ja, das Herz. Das ist aber auch das Einzige!", gestand ihm Oma Margot. „Aber damit lebt auch der Achim hier aus'm Ort, und der ist jünger als ich. Und, weißt du was, der hat sich aus dem Internet so ein teures Hemd schicken lassen. Aus Amerika soll es sein."

„Er hat sich bestimmt *übers* Internet etwas bestellt und der Postbote brachte es ihm dann."

„Ja, so wird es gewesen sein", sagte seine Oma. „Weißt du, Daniel, das mit dem Internet ist mir unheimlich. Alles so …" Sie fasste mit ihren Händen in die Luft. „Alles so …, nichts ist mehr greifbar! Und die vielen bösen Menschen, die sich da tummeln sollen."

„Willst du mit dem Internet auch noch anfangen?"

„Nein, mein lieber Daniel, nicht mit dem Internet … Aber das Hemd würde mich schon interessieren. Könntest du nicht mal für mich …", druckste sie herum.

„Na, nun sag schon, wie ich dir helfen kann."

Oma Margot freute sich immer über Daniels Besuch, sie genoss die Zeit mit ihm. Trotzdem schickte sie ihn diesmal in die kleine Dorfkneipe. Es war Samstag, und ab 16.00 Uhr würde er dort bestimmt den Achim treffen. Den solle er nach dem teuren, medizinischen Hemd fragen. Wie teuer es war, was es alles kann? Und weil doch beide die gleiche Krankheit haben ...; und ob er es ihr sogar mal leihen würde?

So kam es, dass Daniel an einem Samstagnachmittag in die Kneipe ging, für einen guten Zweck.

Er fragte höflich, ob er sich mit an den Stammtisch setzen darf; er sei der Enkel von der Margot, und er wolle hier den Achim treffen, den Achim mit dem tollen Hemd aus Amerika.

„Ja, natürlich", sagte der Wirt. Der Achim würde bestimmt bald kommen.

Mit Klopfen auf die Tischplatte wurde Daniel begrüßt.

„Der Achim, der hat sich doch tatsächlich so ein Hemd schicken lassen", begann einer aus der Runde.

„Was 'n für 'n Hemd?", fragte ein anderer.

„Na, so 'n medizinisches Ding. Aus Amerika! Das Hemd kann alles, wenn es erstmal richtig eingestellt ist", wusste wieder ein anderer zu berichten. „Es misst dann ständig deine Werte, und bei Bedarf gibt es dir das entsprechende Medikament. Aber du musst es anhaben. Eigentlich Tag und Nacht, immer. – Wer so 'n Hemd hat, kann nicht mehr sterben. Klasse Erfindung."

„Und wie teuer ist so was?", wollte Daniel wissen.

„Über 1.000 Euro. Ein Batzen Geld! Aber wenn es hilft. – Nur: Die Krankenkasse übernimmt die Kosten nicht", sagte wieder der Erste und schlug mit der flachen Hand auf den Tisch. Alle brüllten los vor Lachen.

„Das mit dem Achim kann vielleicht noch dauern", meinte schließlich der Wirt und riet dem Daniel, doch einfach mal rumzugehen. In der Nr. 8 wohnt er. Und das Hemd könne er sich bestimmt auch gleich mal ansehen.

Wieder zurück, berichtete Daniel stolz seiner Oma: „Er hat es mir wirklich mitgegeben. Es ist schon ein tolles Teil. Das Hemd ist aus einer Hightechfaser, es wirkt medizinisch. In die Faser sind Arzneimittel eingearbeitet, die ganz genau auf den Achim abgestimmt sind. Von der Körperwärme werden diese bei Bedarf zum Verdampfen gebracht und dann von der Haut aufgenommen."

„Die Medikamente sind jetzt in der Kleidung?", wollte seine Oma wissen.

„Ja. In das Hemd ist eine Sensortechnik eingewebt, die bestimmte Körpersignale – etwa den Blutdruck – auswertet und dann das entsprechende Medikament freisetzt. Ist das nicht toll?"

„Ja, das ist ganz toll. Und das Besondere daran ist, dass der Achim die gleiche Herzkrankheit hat wie ich. So was spricht sich rum in unserem kleinen Ort. Hier gibt es keine medizinischen Geheimnisse."

„Und jetzt möchtest du auch so ein Hemd haben?", fragte Daniel vorsichtig.

„Ja. Am besten gleich das hier. Kann Achim sich nicht ein neues schicken lassen? – Wie lange darf ich es behalten?"

„Bis Montag, hat er gesagt. Dann würde er es sich wiederholen."

„Prima, so komme ich gut übers Wochenende. Und am Montag geh ich auch wirklich zum Arzt. Versprochen! – Leg mir das Hemd doch mal um."

„Wenn es wirken soll, musst du es dir aber richtig anziehen …"
„Stimmt, über meiner Kittelschürze macht das keinen Sinn."
Verschämt drehte sie sich um, machte sich frei und zog das Hemd richtig an. Omi Margot war glücklich; sie fühlte sich sicher. Ihre Sorgen waren weggeweht. – So fiel es ihr diesmal nicht schwer, sich vom Enkel zu verabschieden …

Als am Montag Achim sein Hemd wieder abholen wollte, machte Margot nicht auf. Er sah sie durchs Fenster auf dem Fußboden liegen. Er holte Hilfe; aber der Arzt konnte nur noch ihren Tod feststellen.
Die Autopsie ergab: Das Mittel, das das Hemd verabreichte, war zwar aus der gleichen Wirkstoffgruppe; aber es war bekannt für Nebenwirkungen, die nicht jeder vertrug. Die so ausgelösten Herzrhythmusstörungen überlebte Oma Margot nicht.

Böse, böse. Schluss. Aus. Keine Geschichten mehr mit Oma Margot und Daniel Neubert.

Es folgen die besten drei Geschichten aus den ,Kürzungen', bewertet von Lesern.

Beginnen wir mit Platz 3

Der Fluchtplan

„Hallo Mia, hab ganz lieben Dank für dein letztes Päckchen mit all den schönen Sachen. 1. die getrockneten Datteln teile ich mir ein, 2. die Schokolade ebenso. Aber mit deinem Brief komme ich 3. nicht klar. Der Fluchtplan hört sich abenteuerlich an, scheint mir jedoch zu gewagt. Ich kann mir nicht vorstellen, dass die Sache gut gehen soll. – Ich habe mich daher entschlossen, es zu lassen. Ihr müsst also den Kranführer nicht bestechen. – Ist aber eine tolle Idee, den Kran, der auf der anderen Straßenseite des Gefängnisses steht, nachts einfach mal rumschwenken zu lassen und mich mit seinem Ausleger rauszuholen. Film-

154

reif. Aber, wie du dich erinnern kannst, hab ich es nicht so mit den Höhen. Selbst 'ne große Leiter war schon immer ein Problem für mich.

Außerdem wäre meine ganze Lebensplanung zerstört. Hier habe ich mir eine Existenz geschaffen. Ich habe meine kleine Unterkunft für 20 Jahre sicher, sogar beheizt. – Draußen müsste ich mir wieder eine Wohnung suchen, zur Arbeitsagentur gehen, mich einreihen, um Arbeit bitten, Hartz IV beantragen. Meine Zukunft wäre ungewiss und unter einer Brücke will ich auch nicht mehr schlafen.

Hier drinnen konnte ich endlich meinen Beruf abschließen. Tagsüber gehe ich arbeiten, habe keinen Schichtdienst, habe Kost und Logis frei, bin krankenversichert, kann sogar etwas Geld ansparen. Was will ich mehr?

Und meine Kumpels haben auch einen Spitznamen für mich: Aus Robert Knack machten sie liebevoll *Knacki*.

Liebe Mia, sei also nicht sauer, wenn ich da nicht mitmache; aber die ständigen Veränderungen mag ich nicht mehr – und die paar Jahre sitze ich locker ab."

Der Heimplatz

Es hatte die ersten vierzehn Tage im Oktober geregnet ohne Unterlass. Das Grundstück von Hans und Erna, ruhig gelegen an einem kleinen Bach, war komplett durchfeuchtet. Trockenen Fußes konnte Erna das Gartentor nicht erreichen, obwohl Hans bereits auf dem provisorischen Weg Gemüsekisten wie große Trittsteine verlegt hatte. Den Weg richtig befestigen, das hatte sich Hans schon vor 10 Jahren vorgenommen. Er hatte es immer hinausgezögert: ja, ja, mach' ich im Herbst, wenn es nicht mehr so heiß ist. Ja, ja, mach' ich im Frühjahr, wenn der Frost weg ist. Einen Handwerker holen kam nicht in Frage. Der würde es sowieso nicht richtig machen; und außerdem geht es ja auch so.

Von einer der wackligen Kisten war Erna abgerutscht, so dass sie mit einem nassen Fuß vom Briefkasten zurückkehrte. Sie wechselte Schuhe und Strümpfe und rupfte gleich den einzigen Brief auf.

„Heute hat uns wieder das Heim geschrieben. Sie fragen an, ob wir uns entschieden hätten; sie würden uns gern zum 1. November als neue Bewohner begrüßen. – Das ist ja lieb, dass sie an uns denken", sagte Erna.

„Weißt du, was das heißt?", fragte ihr Mann, der sich an seiner Tabakspfeife wärmte. „Bei denen ist was frei geworden! – Im Heim stirbt es sich auch nicht anders; dann können wir gleich hierbleiben. Eigener Grund und Boden ist Gold wert. – Die sollen uns in Ruhe lassen. Wecken nur irgendwelche Wünsche, auf die du reinfällst. – Wie dieser ganze Werbemüll! Da werden Sachen erfunden, die keiner braucht. Sie sind alle nur hinter unserem Geld her!"

„Hans, geht denn das schon wieder los? Wir hatten uns bereits entschieden. Ich möchte endlich mal mit meinen 75 Jahren im Winter nicht mehr frieren, möchte fließend warmes Wasser haben, trockene Wände und eine warme Mahlzeit am Tag, ohne selbst kochen zu müssen."

Erna mochte nicht länger verzichten. Sie dachte an den Winter, und wie sie jedes Jahr fror; die Fenster waren undicht; von Isolation hatte ihr Haus aus der Nachkriegszeit auch noch nichts erfahren; der Kanonenofen hielt nicht lange die Wärme. Von einer modernen Heizung wollte Hans nichts hören; es gibt im Wald noch so viel Holz, das erst einmal verbrannt werden könnte. Wasser durfte sie nur für den Kaffee erwärmen, denn mit Strom wurde sorgsam umgegangen. Hans wollte die Energiekonzerne nicht unnötig füttern. Ein Fortschritt war die Toilette im Haus, sogar mit Spülung, aber die Grube im Garten ließ Hans viel zu selten abpumpen. Das Fuhrgeschäft würde immer zu viele Kubikmeter berechnen, und *bescheißen* lassen wollte er sich nicht. Wenn die Grube voll war, nahm Hans die Abdeckung weg, stocherte an den oberen Steinen herum, lockerte sie, und dann sickerte das Dünne ab. Einen besseren Dünger konnte er sich nicht vorstellen: Und wirklich wuchs im Garten alles, aber unkontrolliert. Die Hecke war hinter den Brennnesseln nicht mehr zu erkennen.

„Wenn wir uns nicht bald melden, vergeben sie den Platz im Heim an andere Leute. Stell Dir mal vor, an jüngere! Das wäre doch ungerecht", sagte Erna.

„Sollen sie nur, ist mir doch egal! – Dann sparen wir eben."

„Aber wofür sparen? Fürs Alter? – Wir *sind* alt!", sagte Erna und überlegte: „Dann lass uns ein Häuschen bauen, nach neuestem Stand."

„Mit über 70 baut man nicht mehr. Und so viel Geld haben wir nun auch wieder nicht."

„Dann nehmen wir einen Kredit auf."

„Rentner kriegen keinen Kredit mehr."

„Dann lass uns das Grundstück teilen. 3.000 m² geht prima durch vier!"

„Bloß nicht, dann haben wir drei Nachbarn", erwiderte Hans.

„Das macht doch nichts, sind bestimmt zwei nette dabei, und wir könnten übern Gartenzaun plaudern. – Jetzt besucht uns auch keiner mehr, so wie es hier aussieht. – Aber, wenn die anderen drei alles auf Vordermann hätten, dann würden wir den Garten auch wieder machen."

„Dieser Druck, weil man dann muss. Nee, bloß nicht … und diese Enge! – Nee, lass mal sein, Erna."

Erna verzweifelte an ihrem starrsinnigen Mann, er wollte absolut keine Veränderung. Sie stützte ihren Kopf in beide Hände, und begann zu weinen. Das erste Mal weinte sie, als Hans sie geheiratet hatte. Dann weinte sie, als sie von Hans wegwollte, er sie aber nicht gehen ließ. Und nun wieder! Sie wusste sich keinen Rat, und so schluchzte und weinte sie bitterlich. Und wie jedes Mal wurde dabei ihre Darmtätigkeit angeregt. Sie *musste* plötzlich und spürte den beginnenden Durchfall. Auf der Toilette schloss sie sich ein. Hier wollte sie Ruhe finden. Zwischendurch zog sie kräftig an der Spülung und merkte, dass der Abfluss wieder einmal, und ausgerechnet in diesem Moment, versagte. Das Toilettenbecken füllte sich bis zum Rand. Es lief zwar nicht über; aber es war alles unangenehm. So klopfte sie von innen an die Toilettentür. Ohne zu öffnen rief sie Hans zu, er möge bitte an der Grube etwas machen.

Hans zog sich mürrisch eine Regenjacke über, und stapfte mit seinen Gummistiefeln hinaus zur Grube. Sie war 3x3 Meter groß und genauso tief; er schob die Abdeckung beiseite, holte die lange Stange und versuchte, die Steine auf der gegenüberliegenden Seite zu lockern. Alles war nass und glitschig. Und zu allem Unglück saßen die Steine wieder mal fest. Er fand endlich eine alte Lücke zwischen ihnen, stemmte sich mit aller Kraft dagegen, rutschte ab und fiel der Länge nach in die Grube.

Als nach geraumer Zeit Hans noch immer nicht zurück war und auch die Toilette nicht abfließen wollte, machte sich Erna Sorgen. Ganz verweint rief Sie nach ihrem Mann. Als dieser nicht antwortete, ging sie zur Jauchegrube. Erschreckt sah sie oben ein kleines Stück seiner Regenjacke herausragen. Sie holte eine Harke aus dem Schuppen, fischte die Jacke zu sich heran, und merkte, dass Hans in ihr leblos hing. Da sie es nicht schaffte, ihn herauszuziehen, musste sie zu Fuß los und Hilfe holen. Wie gut wäre jetzt ein Telefon gewesen.

Als sie sich drinnen gerade eine wetterfeste Jacke überzog, sah sie wieder den Brief auf dem Tisch liegen. Rasch schrieb sie als Antwort: *Ich komme zum 1. November, und ich freue mich. Bis dann.* Sie steckte das Schreiben in einen Umschlag, frankierte ihn, und nahm die Post gleich mit zum Kasten, als sie zur nächsten Telefonzelle ging, um Hilfe zu holen.

Die Harley

„Ich habe nicht gewusst, dass es *so* um dich steht", sagte Kevin betroffen. Er lief unbeholfen in der Küche auf und ab, fuhr sich mit der Hand durchs blondierte Haar und sah zu seinem Vater, der am Tisch saß und schwer atmete. „Hätte ich das geahnt, wäre ich schon vor einem halben Jahr gekommen, als du mir die SMS geschickt hast. – Aber ich habe ganz einfach nicht geschaltet: *‚Kannst du nicht mal vorbeikommen? - Liebe Grüße Volker.‘* Ich weiß noch, wie ich deinen Text meiner Freundin vorlas, und wie sie antwortete: ‚Dein 40jähriger Vater braucht dich? – Das glaub ich nicht, ich brauch dich viel mehr.‘"

„Ist schon gut", sagte Volker. „Mit 18 lief ich auch noch hormongesteuert rum."

„Dafür joggst du jetzt den ganzen Tag", sagte Kevin und wollte damit die Situation auflockern, denn er konnte sich das Schnaufen und diese körperliche Schwäche bei seinem Vater nicht erklären.

„Mein letztes Joggen liegt bestimmt fünf Jahre zurück, aber ich schnaufe noch immer." Na bitte, dachte sich Volker, flapsig kann ich auch.

Kevin sah erst jetzt die dicken Beine seines Vaters. Auch die Lippen schienen blau zu sein. Sein Vater war also krank. Schwer krank? Warum? Wieso? Sollte er fragen? Kevin konnte damit nicht umgehen. Unschlüssig blieb er am Fenster stehen und sah in den herbstlichen Vorgarten. Die Nachmittagssonne schien durch die bunt verfärbten Blätter, der leichte Wind trug die ersten von ihnen in Nachbars Garten. Der geschwungene, kleingepflasterte Weg zur Garage leuchtete silbrig, und auf den Granitsteinen stand funkelnd die Harley, ein Traum. Wieso stand sie da? In dieser Situation fand es Kevin geschmacklos, seinen Vater auf das Motorrad anzusprechen. Stattdessen kreisten seine Gedanken im Pflichtbereich: Kann ich ihm helfen? Wie ist seine gesundheitliche Lage? Was sagt der Arzt? Soll ich wieder zu Hause einziehen?

Obwohl er sich fragen hörte: „Kann ich dir irgendwie helfen?", dachte er unentwegt an die Harley. Mit ihr könnte er bestimmt seine Freundin zurückholen, und in der Clique würde er einen gewaltigen Satz nach vorn machen. Nun, für den ersten Platz würde es vielleicht nicht reichen, dazu war er zu schmächtig; aber sein Ansehen würde um ein Vielfaches steigen.

„Nein, ich glaube nicht", sagte Volker.

„Wie nennt man das eigentlich, was du hast?"

„Herzschwäche im Endstadium. Schlapp, schlapp, schlapp. Und ständig müde. Die Luft fehlt und die Lust. Man denkt schon ans Ende, fragt sich, ob alles noch einen Sinn hat. – Ich wünsch das keinem."

„Gehst du noch arbeiten?"

„Schon lange nicht mehr."

Kevin setzte sich zu seinem Vater an den Küchentisch und fragte: „Wie fing das eigentlich an? Beschreib' doch mal."

„Ich war ständig schwach, immer erschöpft nach jeder Kleinigkeit. – Naja, dachte ich, mein Bürojob, bist halt untrainiert. Und dann bin ich ins Fitnessstudio gegangen."

„Und *das* hat dir geholfen?"

„Im Gegenteil, es wurde schlimmer."

„Und dann?"

„Dann hat Muttern gesagt: Nun geh endlich mal zum Arzt!"

„Wo ist eigentlich Muttern?", fragte Kevin.

„Noch auf Arbeit."

„Und was hat der Arzt gesagt?"

„Chronische Herzschwäche. Ich war mal vor längerer Zeit erkältet, und da hatte sich der Herzmuskel mit entzündet. Die ganze Sache war höchstwahrscheinlich nicht richtig auskuriert", Volker sah nach unten, hob leicht die Schultern. „Das Herz pumpt zwar ordentlich, aber ohne große Wirkung. Der Muskel ist zu schlaff und das Herz vergrößert sich, anstatt das Blut durch den Körper zu drücken. Wenn man einen elastischen Strumpf über das Herz ziehen könnte, wäre alles wieder gut. Aber so weit ist die Medizin noch nicht."

„Kann ich das auch kriegen?", fragte Kevin besorgt.

„…'ne Erkältung kann jeder bekommen."

„Ich mein' …, ist deine Herzschwäche *jetzt* ansteckend?"

„Aber nein", beruhigte ihn sein Vater. „Wir könnten Tee aus einer Tasse trinken."

Kevin atmete erleichtert auf. Erst jetzt sah er die Fahrzeugpapiere auf dem Küchentisch liegen. Er ging aber nicht darauf ein, fragte stattdessen: „Und wie geht's weiter? Heilungschancen? Erholung? Eine Kur?"

Sein Vater sah ihm aus seinem alt gewordenen Gesicht direkt in die Augen und sagte: „Schonen, schonen und warten…"

„Worauf warten?" Kevins Hände verkrampften sich bei dieser Frage; meinte er, auf den Tod warten?

„Ich steh auf einer Warteliste. — Ist aber fast aussichtslos. Es geht dabei um Dringlichkeit und um Erfolgsaussichten. Die Vermittlung erfolgt europaweit. — Da hat man beim Lottospielen mehr Chancen." Volker nestelte an seinem Hemd herum und murmelte: „Vielleicht kann man mir noch etwas entnehmen: die Gehörknöchelchen oder die Hornhäute meiner Augen sind bestimmt noch brauchbar." Er sah wieder zu seinem Sohn: „Man soll nicht immer nur nehmen; man muss auch geben können."

„Da magst du wohl recht haben", sagte Kevin, schob seinen Stuhl zurück, ging wieder zum Küchenfenster und sah draußen die Harley, wie sie ihm im Sonnenlicht zuzwinkerte.

„Und ich kann wirklich nichts für dich tun?", fragte Kevin noch einmal.

„Nein, du kannst nur mit mir gemeinsam warten und vielleicht wieder einmal beten."

„Das will ich gern für dich tun. – Fährst du sie eigentlich noch?", fragte Kevin nun doch und machte eine Kopfbewegung zur Harley.

„Schon lange nicht mehr, ich kann sie nicht mehr halten … Und deshalb möchte ich sie dir schenken, quasi noch zu meinen Lebzeiten."

Nun umarmte Kevin endlich seinen Vater und es traten ihm ein paar Tränen in die Augenwinkel. Er wusste nicht, ob sie vor Freude oder aus Kummer kamen, sie waren einfach da und er versteckte sie auch nicht. Sein Vater bemerkte sie und war froh darüber: „Demnächst hättest du sie sowieso bekommen; aber ich hätte deine Freude nicht mehr erleben können."

Es waren erst wenige Stunden vergangen, seit Kevin mit der funkelnden Maschine losgebraust war. Die Abendsonne stand tief und färbte die Landschaft rot ein. Am Grundstückstor hielt ein Polizeiauto. Volker schleppte sich zur Haustür und betätigte den Summer. Die Polizisten berichteten von einem schweren Verkehrsunfall. Ein Motorradfahrer sei aus einer Kurve herausgetragen worden und mit einem entgegenkommenden Lkw frontal zusammengestoßen. Der junge Mann beherrschte wohl die Harley noch nicht. Die Ärzte konnten ihn nicht mehr retten. „... in den Fahrzeugpapieren hatten wir ihre Personalien gefunden", berichtete einer der Polizisten. „Und sie können uns bestätigen, dass alles seine Richtigkeit hatte?"

„Jaja", stammelte Volker, „ich hatte die Harley gerade meinem Sohn geschenkt. Der hat sie nicht geklaut oder so", beruhigte er die beiden. „Vorsichtig sollte er fahren. Und die Maschine morgen gleich ummelden, auf seinen Namen."

Lange nachdem die Polizisten fort waren, meldete sich am Telefon der Diensthabende der internationalen Vermittlungsstelle Euro-transplant: „Entschuldigen Sie bitte die späte Störung, aber wir haben für Sie ein passendes Spenderherz bekommen. Ihre Dringlichkeit liegt uns vor und die Erfolgschancen sind, aufgrund einer genetischen Nähe zu ihnen, vielversprechend. Wenn Sie sich kurzfristig für eine Operation bereithalten könnten …?"

Noch am selben Abend ließ sich Volker mit seinem bereits gepackten Koffer von einem Taxi in die Klinik bringen.

Zum Schluss eine kleine Bitte an den geneigten Leser:

Bewerten sie die vorliegenden Kurzgeschichten, vergeben Sie Punkte, damit wieder die TOP 3 ermittelt werden können.

3 Punkte, 2 Punkte, oder einen Punkt für eine Geschichte. – Oder gar keinen. Das Zusammenzählen liegt dann in den Händen des Notars …

Und ich halte es wie damals die Herrschaften von den „Schlagern der Woche" – auch die alten TOP 3 können wiedergewählt werden.

Ihre Bewertung schicken Sie mir bitte per E-Mail.

Sie erreichen mich über die Adresse eines guten alten Freundes.

Sie lautet: <u>*Roald.Dahl@gmx.de*</u>

Kein Scherz.

Der Anregungen genug.

Jetzt sind Sie dran.

Beginnen Sie, werden Sie tätig!